白香詞譜

舒夢蘭◎撰

前言

白香詞譜，舒夢蘭所選唐宋以來諸詞家名作也，舒字白香，故即以白香名之。著錄皆輕清綿麗之篇，風雲月露之句，沁人心脾，百讀不厭；本書新增標點，詳加注釋，探源溯委，細瑣靡遺，務使初學循覽，無復晦義之難解，益形便利。予也代任校讎之役，諷誦校勘所得，竊不自量，亦復添附一二，並為摘句於此。予謂是編所選，實勝於周公謹絕妙好詞，如不我信，盍一讀之？如歐陽修云：『都緣自有離恨，故畫作遠山長。』范仲淹云：『酒入愁腸，化作相思淚。』辛棄疾云：『是他春帶愁來，春歸何處？卻不解帶將愁去。』范仲淹又云：『都來此事，眉間心上，無計相迴避。』柳永云：『其奈風流端整外，更別有繫人心處，一日思量，也攢眉千度。』朱彝尊云：『笑多情似我，春心不定，飛夢天涯。』惟屢經傳刻，帝虎魯魚，委屬不尟，如長相思汴水泗水互倒。相見歡深院鎖清秋，作深秋。更漏子夢君君不知，作夢長。阮郎歸，雙燕歸作雙燕飛。桃源憶故人，羞見枕衾鴛鳳作鸞鳳。眼兒媚，數點鴉棲，作萬點。柳梢青，曲彔闌干，作曲折。鷓鴣天，枕前淚共階前雨，作窗前雨。南鄉子，閒把繡絲撏，作繡絲牽。一斛珠，羅袖裛殘殷色可，作裹殘。何滿子，黃葉無風自落，作無情。御街行，天淡銀河垂地，作拖地。燭影搖紅，無奈雨收雲散，作雲收而散。陌上花，諳盡倦郵荒館作倦遊。慶春澤，兩處追尋，作誰尋。水龍吟，波明香遠，作杳遠。齊天樂，夜涼獨自甚情緒，作夜深。雨霖鈴，蘭舟催發，作初發。永遇樂，鶯身瘦小，作鶯聲；又玉子敲枰，作敲棋。南浦，記題葉西樓，作題月。又問誰猶在憑欄處，作猶有；又催他歸去，作春去。薄倖，翔鸞屏裏，作翔鴛摸魚兒，惟有綺羅雲散，作香散。賀新郎。未愜整作梳整。近刊均誤，本書悉已改正；其他可兩用者，附注於每調之後，不復臚列。今人填詞而多不按譜，陰陽失黏，上去不分，此即白話詩之類，焉得謂之詞哉？尤可笑者，坊賈牟利，新翻各書，靡不偷工減料，多所割裂，書名猶是，內容悉非。即如此編，坊本均將符號刪落，藉省工費，不知符號即所謂譜，若刪去之，當稱為白香詞選，焉得仍題白香詞譜也哉？詞選之妙者，有清綺軒詞選，張氏詞選，董氏續詞選等，惜均無圖譜，不合初學瀏（ㄌㄧㄡˊ）覽；故流行之廣，未能與是編同日而語。今日青年學子購書，當加鑒別，幸勿專市殘劣書籍，徒費寶貴之金錢，而不適實用，是敢忠告於讀者。

目錄

前言／004
憶江南（懷舊）／011
搗練子（秋閨）／012
憶王孫（春閨）／013
調笑令（宮詞）／014
如夢令（春景）／015
長相思（別情）／016
相見歡（秋閨）／017
醉太平（閨情）／018
生查子（元夕）／019
昭君怨（春怨）／020
點絳唇（閨情）／021
菩薩蠻（閨情）／022
卜算子（別意）／023
減字木蘭花（春情）／024
醜奴兒（春暮）／025
謁金門（春閨）／026
訴衷情（眉意）／027
好事近（初夏）／028
憶秦娥（秋思）／029
更漏子（本意）／030
荊州亭（題柱）／031
清平樂（晚春）／032
誤佳期（閨怨）／033
阮郎歸（春景）／034

目錄

畫堂春（本意）／035
攤破捖ㄏㄨㄢˋ溪紗（秋恨）／037
人月圓（有感）／038
桃源憶故人（冬景）／039
眼兒媚（秋閨）／040
賀聖朝（留別）／041
柳梢青（記遊）／042
西江月（佳人）／044
惜分飛（本意）／045
南歌子（閨情）／046
醉花陰（重九）／047
浪淘沙（懷舊）／049
鷓鴣天（別情）／050
虞美人（感舊）／051
南鄉子（春閨）／052
鵲橋仙（七夕）／054
一斛珠（香口）／055
踏莎行（春暮）／056
臨江仙（妓席）／058
蝶戀花（春情）／059
一剪梅（春思）／061
河傳（贈妓）／062
漁家傲（秋思）／064
蘇幕遮（懷舊）／065
錦纏道（春遊）／067
青玉案（春暮）／068
感皇恩（別情）／070
解珮令（題詞）／071

天仙子（送春）／072
千秋歲（夏景）／074
離亭燕（懷古）／075
河滿子（秋怨）／077
風入松（春園）／078
祝英臺近（春晚）／080
御街行（懷舊）／082
驀山溪（贈妓陳湘）／083
洞仙歌（夏夜）／085
瀟湘夜雨（燈花）／087
滿江紅（金陵懷古）／088
玉漏遲（詠懷）／090
水調歌頭（中秋）／092
滿庭芳（春遊）／094
鳳凰臺上憶吹簫（別情）／096
燭影搖紅（惜春）／097
暗香（詠紅豆）／099
聲聲慢（秋情）／100
雙雙燕（本意）／101
畫夜樂（憶別）／103
鎖窗寒（寒食）／104
瑤臺聚八仙（寄興）／106
陌上花（有懷）／107
解語花（元宵）／109
換巢鸞鳳（春情）／110
念奴嬌（石頭城懷古用東坡赤壁韻）／111
東風第一枝（憶梅）／113

慶春澤（紀恨）／114
桂枝香（金陵懷古）／115
翠樓吟（美人魂）／117
瑞鶴仙（風懷）／118
水龍吟（白蓮）／120
齊天樂（蟋蟀）／121
雨霖鈴（秋別）／123
喜遷鶯（詠閏元宵）／124
綺羅香（紅葉）／125
永遇樂（綠陰）／126
南浦（春暮）／127
望海潮（凱旋舟次）／128
奪錦標（七夕）／129
薄倖（春情）／131

目錄

疏影（梅影）／132
過秦樓（秋夜）／133
沁園春（有感）／135
摸魚兒（送春）／136
賀新郎（春情）／137
春風嫋娜（游絲）／138
多麗（西湖）／140

憶江南　懷舊

南唐　李後主（煜）

多少恨❶，昨夜❷夢魂❸中。還似舊時❹遊上苑❺，車如流水❻馬如龍❼，花月❽正春風。

【註釋】

❶孟浩然詩，花落知多少？

❷李商隱詩，昨夜星辰昨夜風。

❸蘇味道詩，離夢當有魂，又劉希逸詩，夢魂何翩翩？

❹劉禹錫詩，舊時王謝堂前燕。

❺上苑，宮中園囿也。唐書高宗遣宦者採怪竹江南，將蒔上苑。又卓異記武后天授二年，將遊上苑。

❻後漢書明德皇后紀前過躍龍門，上見外家，問起居者車如流水，馬如游龍。

❼古詩，郎馬兩如龍。

❽古樂府有春江花月夜曲，李白詩，花月使人迷。

搗練子　秋閨

南唐　李後主（煜）

深院❶靜，小庭❷空，斷續寒砧❸斷續風。無奈❹夜長人不寐，數聲和月❺到簾櫳❻。

【註釋】

❶沈佺期詩，自憐深院得迴翔。

❷韓偓詩，小庭涼氣淨莓苔。

❸砧，擣衣石也。杜甫詩，寒砧昨夜聽。

❹李商隱詩，重吟細把真無奈。

❺吳融詩，和月更悠悠。

❻謝惠連詩，升月照簾櫳。按說文櫳，房室之疏也，小曰窗，闊遠曰櫳。

憶王孫　春閨

宋　秦觀（少游）

萋萋芳草憶王孫❶，柳外樓高空斷魂❷，杜宇聲❸聲❹不忍聞。
欲黃昏葉❺，雨打梨花❻深閉門。

【註　釋】

❶文選，劉安招隱云：「王孫遊兮不歸，芳草生兮萋萋。」
❷楊微之寒食詩，池迥臺高易斷魂。
❸杜宇即杜鵑也，傳為蜀望帝所化。華陽風俗錄，杜鵑其大如鵲，聲哀而吻有血，春至則鳴。
❹羅鄴詩，聲聲啼血向花枝。
❺魏野詩，黃昏微雨空惆悵。
❻白居易詩，梨花一枝春帶雨。

調笑令　宮詞

唐　王建（仲初）

團扇，團扇❶，美人竝來❷遮面。玉顏❸顦顇❹三年，誰復商量管弦❺。絃管，絃管，春草❻昭陽❼路斷。

【註　釋】

❶王昌齡詩，奉帚平明金殿開，且將團扇暫徘徊。

❷朱慶餘詩，美人相並立瓊軒。

❸王昌齡詩，玉顏不及寒鴉色，猶帶昭陽日影來。

❹古樂府團扇歌，白團扇，憔悴非昔容，羞與郎相見。

❺漢書張禹傳，後堂理絲竹管絃。

❻李白詩，春草如有意，羅生玉堂陰。

❼昭陽，漢殿名也。三輔黃圖，武帝後宮八區，有昭陽殿。

如夢令

春景

宋　秦觀（少游）

鶯嘴啄花紅溜❶，燕尾剪波綠皺。指冷玉❷笙寒❸，吹徹小梅❹春透。依舊，依舊，人與綠楊俱瘦。

【註　釋】

❶溜水溜也。

❷陳造詩，指冷良易忍？

❸李後主詞，小樓吹徹玉笙寒。

❹小梅花，乃曲名。

長相思 別情

唐 白居易（樂天）

泗水流❶，汴水流❷。流到瓜洲❸古渡頭，吳山❹點點愁。思悠悠，恨悠悠，恨到歸時方始休，月明人倚樓❺。

【註釋】

❶書經注疏，泗水出濟陰乘氏縣，東南至臨淮睢陵縣入淮。按睢陵即今江蘇唯寧縣。

❷汴水在河南省，孟郊詩，汴水繞曲流。

❸瓜洲在揚子江濱，鎮江對岸，屬揚州江都縣。張祐題金陵渡詩，潮落夜江斜月裏，兩三星火是瓜洲。

❹吳山，謂江上諸山。

❺趙嘏詩，長笛一聲人倚樓。

相見歡　秋閨

南唐　李後主（煜）

無言獨上西樓❶，月如鉤❷，寂寞❸梧桐，深院鎖清❹秋❺。剪不斷，理還亂，是離愁，別❻是一般滋味在心頭❼。

【註　釋】

❶趙紫芝詩，同上西樓看晚山。
❷梁簡文帝烏棲曲，浮雲似帳月如鉤。
❸莊子夫虛靜恬淡寂寞無為者，天地之平。
❹清一本作深。
❺殷仲文南州九井詩，獨有清秋日，能使高興盡。
❻杜牧詩，當筵雖一醉，寧復緩離愁？
❼杜荀鶴詩，半夜燈前十年事，一時和雨到心頭。

醉太平

閨情

宋　劉過（改之）

情高意真，眉長❶鬢青❷，小樓❸明月調箏❹，寫春風數聲❺。
思君❻憶君，魂牽夢縈，翠綃❼雲煖雲屏❽，更那堪酒醒❾。

【註　釋】

❶白居易詩，青黛點眉眉細長。
❷韓琮詩，青鬢長青古無有。
❸陸龜蒙詩，詩題間上小樓分。
❹王昌齡詩，宴罷調箏奏離鶴。
❺鄭谷詩，數聲風笛離亭晚。
❻楚詞九辨專思君兮不可化。
❼綃，生絲繒也。杜牧詩，弄水亭前溪，颭灩翠綃舞。
❽雲屏即雲母屏風也，用雲母石為之。西京雜記，趙飛燕為皇后，其女弟上雲母屏風。
❾李端詩，徘徊恨酒醒。

生查子

元夕❶　　宋　歐陽修（永叔）

去年元夜時，花市燈❷如晝❸。月上柳梢頭❹，人約黃昏後。

今年元夜時，月與燈依舊，不見去年人，淚濕春衫袖❺。

【註　釋】

❶正月十五日為上元夜。明皇雜錄上在東都，上元夜設蠟炬，結綵繒為燈樓。

❷韋莊詩，花市香飄漠漠風。

❸帝王世紀其明如晝。皮日休詩，樓臺如畫倚霜空。

❹高駢詩，春來盡掛樹梢頭。

❺白居易詩，江州司馬青衫溼。又陸龜蒙詩，春衫將別淚。

昭君怨

春怨

宋　万俟雅言（詞隱）

春到南樓❶雪盡，驚動燈期❷花信❸，小雨一番寒，倚闌干❹。

莫把闌干頻倚，一望幾重煙水❺；何處是京華❻？暮雲❼遮。

【註　釋】

❶趙嘏詩，鄉心正無限，一鴈度南樓。

❷陸游詩，微雨惱燈期。

❸歲時記始梅花，終楝花，凡二十四番花信風。

❹李白詩，沉香亭北倚闌干。

❺溫庭筠詩，五湖煙水獨忘機。

❻京華，京都也。南史宋武帝紀，蕩清京華。謝靈運詩，昔余遊京華。

❼李播詩，陽臺朝暮雲。

點絳脣　閨情

元　曾允元（舜卿）

一夜東風❶，枕邊❷吹散愁多少，數聲啼鳥❸，夢轉紗窗曉❹來是春初❺，去是春將老❻，長亭道❼，一般芳草❽，只有歸時好。

【註　釋】

❶溫庭筠詩，十日花開一夜風。

❷劉子翬詩，枕邊幽夢不離家。

❸孟浩然詩，處處聞啼鳥。

❹盧照鄰詩，牕曉聽鳴雞。

❺石介詩，憶君春草初。

❻岑參詩，三月灞陵春已老。

❼王褒詩，長亭送故人。

❽杜牧送友人詩，山密夕陽多，人稀芳草遠。

菩薩蠻

閨情

唐　李白（太白）

平林❶漠漠❷煙如織❸，寒山一帶，傷心碧；暝色❹入高樓，有人樓上❺愁。玉階空佇立❻，宿鳥歸飛急。何處是回程❼？長亭連短亭❽。

【註　釋】

❶詩經，依彼平林，注，平林，林木之在平地者也。
❷謝朓詩，遠樹曖阡阡，生煙紛漠漠。
❸梁武帝詩，新洲花如織。
❹杜甫詩，暝色延山徑。
❺古詩，盈盈樓上女。
❻詩經瞻望弗及，佇立以泣。
❼回一本作歸。

❽白氏六帖，五里一短亭，十里一長亭。王昌齡詩，送客短長亭。

卜算子　別意

宋　蘇軾（子瞻）

水是眼波橫❶，山是眉峰聚❷；欲問行人去那邊？眉眼盈盈處❸。才是送春❹歸，又送君歸去；若到江南❺趕上春，千萬和春住。

【註釋】

❶杜牧詩，為報眼波須穩當。

❷西京雜記，卓文君姣好，眉色如望遠山。又明皇十眉圖有遠山眉、三峰眉之稱，故世謂眉曰眉峰。

❸古詩，盈盈一水間，脈脈不得語。

❹杜牧詩，帶葉梨花已送春。

❺杜甫詩，正是江南好風景，落花時節又逢君。

減字木蘭花　春情

宋　王過國（平甫）

畫橋❶流水❷，雨濕落紅❸飛不起；月破黃昏，簾裡餘香馬上聞，徘徊❹不語❺，今夜夢魂何處去？不似垂楊❻，猶解飛花入洞房。

【註釋】

❶李嶠詩，連霏繞畫樓。

❷詩經沔彼流水。

❸落紅，落花也。

❹徘徊，遲回之意。思舊賦，心徘徊以躊躇。

❺韓愈詩，對客偏含不語情。

❻洞房，深閨也。楚辭，姱容修態，絙洞房些。

醜奴兒　春暮

宋　朱藻（野逸）

障泥❶油壁❷人歸後，滿院花陰；樓影沈沈❸，中有傷春一片心❹。閒穿綠樹❺尋梅子❻，斜日籠明，團扇風輕，一徑❼楊花不避人。

【註　釋】

❶障泥，馬身所被之韉也。晉書王濟傳，嘗乘一馬，著連錢障泥。梁簡文帝詩，猶掛錦障泥。

❷油壁車，古稱用油漆塗飾的車子。古樂府蘇小小歌，我乘油壁車，郎乘青驄馬。

❸史記陳涉傳，涉之為王沈沈者，注沈沈宮室深邃之貌。

❹王昌齡詩，一片冰心在玉壺。

❺任昉詩，綠樹懸宿根。

❻韓偓詩，中庭自摘青梅子。

❼韓愈詩，松柏一徑趨靈宮。

謁金門　春閨

五代　馮延巳（正中）

風乍起❶，吹皺一池春水❷，閑引鴛鴦芳徑裏，手挼紅❸杏蕊❹。鬭鴨闌干❺獨倚，碧玉搔頭❻斜墜，終日望君君不至，舉頭聞鵲喜❼。

【註釋】

❶宋玉風賦，風生於地，起於青蘋之末。

❷江淹別賦，春水綠波。

❸挼，手摩也，按揉也。

❹蕊，花蕊也，花內曰萼，花外曰蕊。

❺陸龜蒙有鬥鴨闌。

❻搔頭，首飾也。褚載詩，嬋娟人墜玉搔頭。按西京雜記武帝過李夫人，就取玉簪搔頭，自此宮人搔頭皆用玉，玉價倍貴云，搔頭之名本此。

❼淮南子乾鵲知來，注，乾鵲見人有古事之微，則修修然。宋之問詩，破顏看鵲喜。

訴衷情　眉意

歐陽修

清晨簾幕卷❶輕霜❷，呵手試梅妝❸；都緣自有離恨，故畫作，遠山長。思往事，惜流光，易成傷；未歌先斂，欲笑還顰❹，最斷人腸❺。

【註釋】

❶霍小玉傳，閑庭邃宇，簾幕甚華。

❷李白詩，雲帆卷輕霜。

❸金陵志，壽陽公主臥含章殿，梅花落額上，宮女效之，稱梅花妝。李商隱詩，忍寒應欲試梅妝。

❹顰眉，蹙也。

❺爾雅，翼猿善啼，其音淒入肝脾。巴峽諺曰：「巴東三峽巫峽長，哀猿三聲斷人腸。」

好事近　初夏

宋　蔣子雲（元龍）

葉暗❶乳鴉啼❷，風定老紅猶落❸；蝴蝶不隨春去，入薰風❹池閣❺。休歌金縷❻勸金卮❼，酒病❽煞如昨；簾捲❾日長人靜❿，任楊花飄泊⓫。

【註　釋】

❶陳後主棗賦，蕊餘莖少，葉暗枝多。

❷秦觀詩，落紅滿地乳鴉啼。

❸南史謝貞傳，八歲為春日閑居詩曰：「風定花猶落。」

❹柳公權詩，薰風自南來。

❺李白鳴皋歌，觴清泠之池閣。

❻金縷，曲名。

❼鮑照詩，勸君金卮之美酒。

❽晉書石季龍載記，言王酒病，不能入。

❾庾信詩，玉押珠簾卷。

❿宋史樂志，翠簾人靜日光浮。

⓫北史袁式傳，羈旅飄泊。韓愈杏花詩，萬片飄泊隨東西。

憶秦娥

秋思　李白

簫聲咽，秦娥夢❶斷秦樓月❷；秦樓月❸，年年柳色，灞陵❹傷別！樂遊原❺上清秋節，咸陽❻古道音塵絕；音塵絕，西風殘照，漢家陵闕❼。

【註釋】

❶方言娥嬴，好也，秦曰娥。庾信賦，秦娥麗妾。

❷列仙傳，蕭史善吹簫，秦穆公女弄玉，亦好吹簫，遂妻之。公為作鳳凰臺，一旦夫妻皆隨鳳去，今古相傳，以為秦樓。

❸ 秦樓月，即憶秦娥之異名。

❹ 漢書地理志，灞陵京兆尹縣，按即今陝西咸寧縣。

❺ 兩京新記，漢宣帝樂遊廟，一名樂遊原。

❻ 咸陽在陝西西安府。

❼ 闕門觀也。在門兩旁，一名象魏。

更漏子　本意

唐　溫庭筠（飛卿）

柳絲長，春雨細，花外漏聲❶迢遞❷。驚塞雁❸，起城烏❹，畫屏❺金鷓鴣。香霧薄❻，透重幙❼，惆悵謝家池閣；紅燭背，繡簾❽垂，夢君君不知。

【註　釋】

❶ 漏，計時器也，以銅受水，晝夜百刻。

❷ 迢遞，連綿也。水經注迢遞相望。

❸庾信詩，塞鴈嗈嗈渡遼水。

❹漢童謠，城上烏，尾畢逋。

❺西京雜記，昭陽殿木畫屏風，如蜘蛛絲縷。

❻虞羲詩，香霧鬱蘭津。

❼洞冥記，綈紈重幙。

❽岑參詩，煖屋繡簾紅地爐。

荊州亭　題柱

宋　吳城小龍女

簾捲曲闌獨倚，江展暮雲無際❶；淚眼❷不曾晴，家在吳頭楚尾❸。數點落花亂委，撲漉❹沙鷗❺驚起；詩句欲成時，沒入蒼煙叢裏。

【註　釋】

❶沈佺期詩，青雲浩無際。

❷錢起詩，淚眼幾時明？

❸方輿勝覽，豫章之地，為楚尾吳頭。

❹撲漉，水禽飛起聲。

❺劉長卿詩，沙鷗驚小吏。

清平樂　晚春

宋　黃庭堅（魯直）

春歸❶何處？寂寞無行路；若有人知春去處，喚取歸來同住。
春無蹤跡誰知？除非問取黃鸝❷，百囀❸無人能解，因風飛過薔薇❹。

【註　釋】

❶白居易詩，常恨春歸無覓處。

❷鶯一名黃鸝。

❸賈至詩，百囀黃鶯繞建章。

❹沈佺期詩，幽葉吐薔薇。

誤佳期　閨怨

清　汪懋麟（季角）

寒氣暗侵❶簾幕，孤負❷芳春小約；庭梅開❸遍不歸來，直恁❹心情惡❺。獨抱影兒❻眠，背看燈花落❼；待他重與畫眉時❽，細數郎輕薄❾。

【註釋】

❶杜甫詩，北來肌骨苦寒侵。

❷李陵書，陵雖孤漢恩，漢亦負德。又云：「孤負陵心。」

❸蘇武詩，中庭一樹梅，寒葉未曾開。

❹恁，說文徐注，恁俗言如此也。

❺韓偓詩，醒來情緒惡。

❻後漢書崔駰傳，抱影特立。

❼杜詩，簷前細雨燈花落。

❽漢書，張敞為京兆尹，為婦畫眉。長安中傳張京兆眉嫵。

❾漢後書馬援傳，效季良不得，陷為天下輕薄子。

阮郎歸　春景

歐陽修

南園❶春半❷踏青❸時，風和聞馬嘶❹；青梅如豆柳如眉❺，日長蝴蝶飛❻。花露重❼，草煙❽低，人家簾幙垂；秋千❾慵困解羅衣，畫❿堂⓫雙燕歸⓬。

【註釋】

❶後漢書百官志注，南園在雒水南。

❷張若虛詩，可憐春半不還家。

❸歲華記，清明日，郡人遊賞，散布四郊，謂之踏青。

❹杜詩，穿花今馬嘶。

❺梁元帝詩，柳葉生眉上。
❻張協詩，胡蝶飛南園。
❼李白詩，白露濕花時。
❽杜甫詩，水煙通徑草。
❾古今藝術，秋千，北方戎戲也。
❿李白詩，滅燭解羅衣。
⓫漢書元后傳，生成帝於甲館畫堂。
⓬歸一本作飛。

畫堂春　本意

黃庭堅❶

東風吹柳日初長❷，雨餘❸芳草斜陽；杏花零落燕泥香❹，睡損紅妝❺。寶❻篆煙❼銷龍❽鳳，畫屏❾雲鎖❿瀟湘；夜寒微透⓫薄羅裳，無限思量⓬。

【註　釋】

❶一本作秦少游作，題為春怨。

❷王績詩，春來日漸長。

❸庾(ㄩˇ)信詩，雲歸識雨餘。

❹鄭谷詠燕詩，落花徑裏得泥香。

❺古詩，娥娥紅粉妝。

❻寶秦詞作香。

❼煙秦詞作暗。

❽龍秦詞作鸞。

❾江淹空青賦，曲帳畫屏。

❿雲鎖秦詞作縈遶。

⓫微秦詞作輕。

⓬白居易詩，無復心思量。

攤破浣溪紗　秋恨

南唐　李中主（璟）

菡萏香❶銷翠葉殘，西風愁起綠波❷間；還❸與韶❹光共憔悴❺，不堪看。細雨夢回雞塞遠，小樓❻吹徹玉笙❼寒；多少淚珠❽何限恨，倚闌干。

【註釋】

❶許渾詩，水宿風披菡萏香。

❷水經注，綠波凝淨。

❸還一作遠。

❹韶一作容。

❺秦韜玉詩，長與韶光暗有期。

❻劉子翬詩，溪寒小小樓。

❼畢曜玉清歌，臨春風，吹玉笙。

❽白居易詩，我有雙淚珠，知君穿不得。

人月圓 有感

金　吳激（彥高）

南朝❶千古傷心事，還唱後庭花❷；舊時王謝堂❸前燕子，飛向誰家❹？恍然一夢，仙肌勝雪❺，宮鬢堆鴉❻；江州司馬，青衫淚濕，同是天涯❼。

【註　釋】

❶晉宋齊梁陳謂之南朝。

❷陳後主有玉樹後庭花曲，杜牧詩，隔江猶唱後庭花。

❸晉時王導謝安兩家為巨室。

❹劉禹錫詩，舊時王謝堂前燕，飛入尋常百姓家。

❺莊子，藐姑射之山，有神人焉，肌膚若冰雪。

❻杜牧詩，新鬢學鴉飛。

❼白居易琵琶行，同是天涯淪落人；又座中泣下誰最多？江州司馬青衫濕。

桃源憶故人 冬景

秦觀

玉樓❶深鎖❷多情❸種，清夜悠悠誰共❹？羞見枕衾❺鴛鳳；悶則和衣擁。無端畫角❻嚴城❼動，驚破一番新夢；窗外月華霜重，聽徹梅花弄。

【註 釋】

❶十洲記，崑崙山有積金，為天墉城，城上玉樓十二所。羅隱詩，一簇青煙鎖玉樓。

❷高駢詩，洞房深鎖碧窗寒。

❸韓愈詩，多情懷酒伴。

❹杜甫詩，詩名惟我共，世事與誰論？

❺被，古謂之衾。西京雜記，飛燕女弟上鴛鴦被。

❻王維詩，畫角發龍吟。按角，軍中所吹號也。演繁露蚩尤與黃帝戰，帝命吹角為龍鳴以禦之，此為軍中吹角之

始。

❼杜甫詩，嚴城疊鼓鼙。

眼兒媚　秋閨

明　劉基（伯溫）

萋萋芳草小樓西，雲壓雁聲低❶；兩行❷疏柳，一絲❸殘照，數點鴉棲❹。春山碧樹秋重綠❺，人在武陵溪❻；無情明月，有情歸夢❼同到幽閨。

【註　釋】

❶陳叔達詩，雲深雁度低。

❷杜甫詩，兩行秦樹直。

❸鄭玉詩，臨江惟欠一絲風。

❹白居易詩，煙樹任鴉棲。

❺謝朓詩，春草秋更綠。

❻陶淵明桃花源記，晉太元中，武陵人，捕魚為業，緣溪行，忽逢桃花林，王之渙詩，碧桃花謝武陵溪。

❼謝朓詩，歸夢相思夕。

賀聖朝　留別

宋　葉清臣（道卿）

滿斟綠醑❶留君住❷，莫匆匆❸歸去❹；三分春色二分愁，更❺一分風雨❻。花開花謝❼，都來幾許❽且高歌❾休訴；不知❿來歲牡丹時⓫，再⓬相逢何處？

【註釋】

❶醑，簏酒也。白居易詩，滿醅綠醑迎冬熟。

❷隋煬帝嘲羅羅詩，幸好留儂伴成夢，不留儂住意如何？

❸雍州童謠，莫匆匆，且寬公。杜甫詩，告別莫匆匆。

❹李白詩，醉罷欲歸去。

❺更一本作悶。

❻白居易詩，到時常晚歸時早，笑樂三分較一分。

❼韓偓詩，花開花謝相思。

❽許一本作日。

❾杜詩，回首且高歌。

❿不知一本作知他。

⓫戴昺詩，海棠紅未了，又近牡丹時。

⓬再一作候。

柳梢青　記遊

清　朱彝尊（竹垞）

障羞❶羅扇❷花時猶記者邊❸曾見；曲彔闌干❹玲瓏窗戶❺，也都尋徧❻。兩峰❼依舊，青青❽，但不比眉梢平遠❾；第一難忘，重來崔護，去年人面❿。

【註　釋】

❶李商隱詩，月扇未障羞。

❷墨莊漫錄江南李後主，嘗於黃羅扇上，書賜宮人慶奴。

❸者邊，此邊也，古作者，今俗多用這字。

❹韻會，闌板間曰闌干。李白詩，沈香亭北倚闌干。

❺文天祥詩，窗戶翠玲瓏。

❻楊巨源詩，玉洞花尋徧。

❼杜甫詩，玉山高並兩峰寒。

❽韓愈詩，池光天影共青青。

❾卓文君眉如遠山。郭熙山水訓，自近山而望遠山，謂之平遠。

❿唐崔護遊都城南，得村居，叩門；有女子自門隙問？對曰：「酒渴求飲。」女以盂水至，獨倚小桃柯，屬意殊厚。來年往尋，則門扃ㄐㄩㄥ矣，因題詩云：「去年今日此門中，人面桃花相映紅；人面不知何處去？桃花依舊笑春風。」

西江月　佳人

宋　司馬光（君實）

寶髻❶鬆鬆挽就，鉛華❷淡淡妝成❸；紅煙翠霧❹罩輕盈❺，飛絮游絲❻無定。相見❼爭如不見，有情還似無情❽；笙歌❾散後酒微醒，深院月明人靜。

【註　釋】

❶李白詩，山花插寶髻。

❷張衡定情賦，思在面而為鉛華兮，患離塵而無光。

❸白居易長恨歌，金屋妝成嬌侍夜。

❹柳宗元詩，丹霞翠霧飄奇香。

❺唐彥謙詩，世間誰敢鬥輕盈？

❻杜甫詩，飛絮遊絲白日靜。

❼李白詩，相見不相親，不如不相見。

❽杜牧詩，多情卻似總無情。
❾禮記，十日而成笙歌。

惜分飛　本意

宋　毛滂（澤民）

淚濕闌干❶花著露❷，愁到眉峰碧聚❸；此恨平分❹取；更無言語空❺相覷❻。斷雨❼殘雲❽無意緒❾，寂寞朝朝暮暮❿，今夜山深處⓫；斷魂⓬分付⓭，潮流去。

【註釋】

❶韻會（古今韻會），眼眶謂之闌干。
❷韓偓詩，但覺夜深花有露。
❸梁簡文帝詩，欲知心不平，君看黛眉聚。
❹楚詞，皇天平分四時兮。
❺杜牧詩，此別無多語。

❻覷，伺視也。

❼劉仙倫詩，斷雨挾雲歸嶺嶠。

❽孟浩然詩，嵩嶂有殘雲。

❾雲笈七籤，未變為神時，無端無緒，無心無意，都無諸欲。

❿宋玉高唐賦，朝為行雲，暮為行雨，朝朝暮暮，陽臺之下。

⓫皮日休詩，空山散深處。

⓬韋莊詩，自是春愁正斷魂。

⓭韓偓詩，吩咐春風與玉兒。

南歌子

閨情

歐陽修

鳳髻❶金泥❷帶，龍紋❸玉掌❹梳；去來窗下笑相扶❺，愛道畫眉深淺入時無❻？弄筆❼偎人久，描花試手初，等閒❽妨了繡功夫，笑問鴛鴦兩字怎生書？

【註釋】

❶妝臺記，周文王於髻上加珠翠翹花，名曰鳳髻。

❷東觀漢記漢出征，及使絕國，皆受金泥之璽封，即浮圻國蘭金泥也。

❸李白詩，合沓蹙龍紋。

❹郭璞遊仙詩，延首矯玉掌。

❺于鵠詩，酒肆醉相扶。

❻朱慶餘詩，妝罷低聲問夫婿，畫眉深淺入時無？

❼韓偓詩，有時閒弄筆，亦畫兩鴛鴦。

❽張謂詩，心中萬事如等閒。

醉花陰　重九

宋　李清照（易安）

薄霧濃雲❶愁永晝，瑞腦❷銷金獸❸；佳節❹又重陽，寶枕❺紗廚❻，昨夜涼初透。東籬把酒❼黃昏後，有暗香盈袖❽；莫道不銷魂❾，簾捲西風❿，人比黃花瘦。

【註釋】

❶漢中山王文木賦，薄霧濃雰。

❷隋書南蠻傳，赤土國獻龍腦香。又西陽雜俎，龍腦香出波斯國，香似松脂。

❸香譜，香爐塗金為狻猊，空其中，燃香，使自口出。

❹王維九月九日寄山東兄弟詩，每逢佳節倍思親。

❺李賀詩，寶枕垂雲選春夢。

❻王建詩，青山掩障碧紗廚。

❼陶潛詩，採菊東籬下。

❽劉孝綽詩，所思不可寄，誰憐盈袖香？

❾杜甫詩，北望苦銷魂。

❿王勃詩，珠簾暮捲西山雨。

浪淘沙　懷舊

南唐　李後主（煜）

簾外❶雨潺潺❷，春意闌珊❸；羅衾❹不耐❺五更寒❻，夢裡不知身是客❼，一餉❽貪歡。獨自莫凭欄❾，無限江山；別時容易見時難❿，流水落花春⓫去也，天上人間⓬。

【註釋】

❶溫庭筠詩，簾外落花閑不掃。

❷潺潺，水流狀。魏文帝丹霞蔽日行，谷水潺潺。

❸白居易詩，詩情酒興漸闌珊。

❹張衡同聲歌，願為羅衾幬，在上衛風霜。

❺耐一作暖。

❻漢儀夜漏起，中黃門持五夜：甲夜畢傳乙，乙夜畢傳丙，丙夜畢傳丁，丁夜畢傳戊，戊夜畢是為五更。

❼越絕書范蠡值吳伍子胥教化，天下從之，未有失，以天道未作，不先為客；言客者去其國入人國也。

❽ 一餉謂一食之頃。

❾ 李中詩，月在高樓獨凭闌。

❿ 李商隱詩，相見時難別亦難。

⓫ 春一作歸。

⓬ 杜甫詩，天上秋期近，人間月影清。

鷓鴣天　別情

宋　聶勝瓊（妓女）

玉慘花愁出鳳城❶，蓮花樓下柳青❷青；尊前一唱陽關曲❸，別箇人人第五程。尋好夢，夢難成❹，有誰知❺我此時情？枕前淚❻共階前雨，隔箇窗兒滴到明❼。

【註釋】

❶ 杜甫詩，銀漢遙應接鳳城。

❷ 王維詩，客舍青青柳色新。

❸王維詩，勸君更盡一杯酒，西出陽關無故人，後人因有陽關三疊曲。

❹溫庭筠詩，冰簟銀床夢不成。

❺沈佺期詩，妾自肝腸斷，旁人那得知？

❻梁簡文帝烏夜啼曲，羞言獨眠枕下淚。

❼古樂府，夜雨滴空階，滴滴空階裏，空階滴不入，滴入愁人耳。

虞美人　感舊

南唐　李後主（煜）

春花秋月❶何時了？往事知多少❷？小樓昨夜又東風❸，故國不堪回首❹月明中❺；雕欄玉砌❻應猶❼在；只是朱顏❽改；問君還❾有幾❿多愁⓫？恰似⓬一江春水向東流。

【註　釋】

❶月一作葉。

❷孟浩然詩，花落知多少？

❸月令東風解凍。

❹高適詩，回首江淮深。

❺柳宗元詩，夜深瀟灑月明中。

❻陳後主東飛伯勞歌，雕軒繡戶花恒發，珠簾玉砌移明月。

❼應猶一作依然。

❽楚詞美人既醉，朱顏酡些。

❾還一作都，作又能。

❿幾一作許。

⓫庾信詩，別恨幾重愁；趙嘏詩，照影池邊多少愁。

⓬似一作是。

南鄉子

春閨

宋　孫道絢（沖虛居士）

曉日壓❶重簷❷，斗帳❸春寒起未忺❹，天氣困人梳洗懶❺，眉尖❻，淡畫春山不喜添。閒把繡絲撏❼，認得金鍼❽又倒拈❾；陌上遊人歸也未？厭厭❿，滿院楊花不捲簾。

【註釋】

❶楊師道詩，露中分曉日。

❷禮記注疏，重簷，就外簷下壁，復安板簷，以避風雨之灑壁。

❸魏志東夷傳注，大秦國有五色斗帳。古詩，紅羅復斗帳，注，小帳謂之斗帳，形如覆斗。

❹揚子方言，青齊呼意所好為忺。按青齊，山東青州齊州也。韋應物詩，今日遇君忺。

❺段克己詩，宿酒困人梳洗懶。

❻蔡襄詩，侵尋舊事上眉尖。

❼撏，取也，揚子方言，衛魯揚徐荊衡之郊曰撏。

❽裴說詩，愁捻金針信手縫。

❾拈，以指取物也。李群玉詩，骰子巡拋裹手拈。

❿詩經厭厭夜飲，韓偓詩，年年三月病厭厭。

鵲橋仙　七夕

秦觀

纖雲❶弄巧，飛星❷傳恨，銀漢❸迢迢❹暗度❺金風玉露❻一相逢，便勝卻人間無數柔情❼似水佳期❽如夢❾，忍顧鵲橋❿歸⓫路；兩情若是久長時，又豈在朝朝暮暮。

【註　釋】

❶傅休奕詩，纖雲時髣髴。

❷楊炯少姨廟碑，華山之上，飛星遠燭。

❸歲華紀麗，銀河亦曰銀漢。

❹古詩，迢迢牽牛星。

❺杜甫詩，暗度南樓月。

❻李商隱詩，由來碧落銀河畔，可要金風玉露時？

❼洛神賦，柔情綽態。

❽武元衡詩，春風何處有佳期？

❾蔡邕表，恍惚如夢。

❿淮南子，七夕烏鵲填河成橋，渡織女。

⓫陶潛詩，行行循歸路。

一斛珠　香口

南唐　李後主（煜）

晚❶妝❷初過，沉檀❸輕注❹些兒個；向人微露丁香❺顆，一曲清歌❻暫引櫻桃破❼。羅❽袖❾裛殘❿殷色可，盃深旋被香⓫醪涴⓬。繡床斜凭嬌無那⓭，爛嚼紅茸⓮，笑向檀郎⓯唾。

【註釋】

❶晚一本作曉。

❷司空圖詩，晚妝留拜月。

❸檀香木以沈水者為上，名曰沈檀。

❹注，點唇也。

❺丁香一名雞舌香，可消口氣；漢時郎官常含之口中，以奏事。

❻晉書樂志魏晉之世，有陳左善清歌。

❼櫻桃破，言女子唇啟也。

❽曹植芙蓉賦，擢素手於羅袖。

❾裛，香襲衣也，沾裛也。

❿殷，深紅色。

⓫醪，濁酒也。杜甫詩，終日困香醪。

⓬涴，汙染也。

⓭無那，即無奈也。

⓮茸與絨通。

⓯潘岳小字檀奴，故婦人呼所歡為檀郎。李賀詩，檀郎謝女眠何處？

踏莎行　春暮

宋　寇準（平仲）

春色將闌❶，鶯聲漸老❷，紅英落盡❸青梅小；畫堂人靜雨濛濛❹，屏山半掩餘香裊❺。密約❻沉沉，離情❼杳杳❽，菱花❾塵滿慵將照；倚樓無語欲銷魂❿，長空⓫黯淡⓬連芳草⓭。

【註釋】

❶岑參詩，鶯囀黃州春色闌。

❷陸龜蒙詩，鶯脣映花老。

❸施肩吾詩，落盡萬株紅。

❹韋莊詩，馬嘶山店雨濛濛。

❺揮麈後錄，臺上爐香裊翠煙。

❻韓偓詩，密約臨行怯。

❼蔡凝詩，似有別離情。

❽魏志管輅傳注，若俯眩深溪，杳杳兮精絕。

❾白氏六帖，魏武帝有菱花鏡。

❿江淹別賦，黯然銷魂，惟別而已。

⓫唐太宗詩，夕霧結長空。

⓬郭熙山水訓，山水之雲氣，春融恰，冬黯淡。

⓭西都賦，芳草被堤。

臨江仙　妓席

歐陽修

池外輕雷❶池上雨，雨聲❷滴碎荷聲❸；小樓西角斷虹明，欄干凭❹倚處，待得❺月華❻生。燕子飛來窺畫棟❼，玉鉤❽垂下簾旌❾。涼波不動簟紋❿平，水晶雙枕⓫畔，猶有墮釵橫⓬。

【註釋】

❶李商隱詩，芙蓉塘外轉輕雷。
❷儲光羲詩，飛空作雨聲。
❸韋莊詩，滿長風灑綠荷聲。
❹凭一作私。
❺待得一作遙見。
❻陶淵明詩，月華臨靜夜。

❼王勃詩，畫棟朝飛南浦雲。
❽項斯詩，珠箔當空掛玉鉤。
❾李商隱詩，蝙拂簾旌終展轉。
❿韓愈詩，水紋浮枕簟。
⓫聞見後錄，楚氏家藏黑水晶枕，中有繁杏一枝。
⓬李商隱詩，水紋簟上琥珀枕，旁有墮釵雙翠翹。

蝶戀花　春情

宋　蘇軾（子瞻）

花褪❶殘紅❷青杏小，燕子飛❸時❹，綠水人家❺遶❻；枝上柳綿❼吹又少，天涯❽何處無芳草❾，牆裏秋千❿牆外道，牆外行人，牆裡佳人⓫笑；笑漸不聞聲漸杳⓬，多情卻被無情⓭惱⓮。

【註釋】

❶褪，花謝也。

❷王建詩，樹頭樹底覓殘紅。

❸飛一作來。

❹鄭谷詩，雙燕卻來時。

❺楊微之詩，流水人家穿竹徑。

❻遶古今詞話作曉。

❼杜甫詩，生繒柳絮白於綿。

❽李白詩，遠海動風色，吹秋落天涯。

❾唐人詩，在處有芳草。

❿張有復古編，漢武後庭繩戲，本曰千秋，祝壽詞語，訛轉為秋千。

⓫淮南子，佳人不同體，美人不同面。

⓬杳一作悄。

⓭杜牧詩，多情卻似總無情。

⓮杜甫詩，江上被花惱不徹。太忙案：牆裏秋千，一作架上秋千。

一剪梅　春思

宋　蔣捷（勝欲）

一片❶春愁❷帶酒澆❸，江上舟搖❹，樓上帘❺招❻；秋娘❼容與泰娘❽嬌❾，風又飄飄❿，雨又瀟瀟⓫。何日雲帆⓬卸浦橋⓭？銀字箏調⓮，心字香⓯燒；流光容易把人拋⓰，紅了櫻桃⓱，綠了芭蕉。

【註釋】

❶杜甫詩，一片花飛減卻春。
❷梁元帝詩，春愁春自結。
❸世說新語，阮籍胸壘塊，故須酒澆之。
❹晉樂府，長干曲，菱舟不怕搖。
❺帘，音簾，廣韻青帘，酒家望子也，按即酒旗也。
❻李中詩，閃閃酒帘招客醉。
❼樂府雜錄望江南曲，始自李太尉姬謝秋娘。

❽劉禹錫泰娘歌引，泰娘本韋尚書家主謳者。

❾一作秋娘渡與泰娘橋。

❿長門賦，天飄飄而疾風。

⓫詩經，風雨瀟瀟。

⓬後漢書馬融傳，張雲帆，施蜺幬。

⓭祖詠詩，雲帆礙浦橋。

⓮王涯詩，銀箏夜久殷勤弄。

⓯范石湖驂鸞錄番禺人作心字香，用素馨茉莉半開者，著淨器，薄劈沈香，層層相間，封日一易不待花萎，花過香成。

⓰李白詩，流光不待人。

⓱杜甫詩，西蜀櫻桃也自紅。

河傳

贈妓

秦觀

恨眉醉眼❶甚輕輕覷著，神魂❷迷亂❸，常記那回，小曲闌干西畔❹，鬢雲鬆❺，羅襪❻剗❼。丁香❽笑吐嬌無限❾，語軟聲低，道我何曾慣❿？雲雨未諧，早被東風吹散⓫，瘦殺人⓬，天不管。

【註釋】

❶羅虬比紅兒詩，可得紅兒拋醉眼？

❷韓愈詩，滌濯神魂醒。

❸書經，無若殷王受之迷亂，酗於酒德哉？

❹元稹詩，一夜獨眠西畔廊。

❺盧元贊詩，柳花貪眠鬢雲鬆。

❻南都賦，羅韈躡蹀而容與。

❼剗，李後主詞，剗韈步香階。

❽丁香，謂舌也。

❾李商隱詩，為有雲屏無限嬌。

❿韓愈詩，相識頗未慣。

⓫張旭詩，須倩東風吹散雨。

⓬古詩，蕭蕭愁殺人。

漁家傲

秋思

宋　范仲淹（希文）

塞下❶秋來風景異❷，衡陽❸鴈去無留意❹，四面邊聲連角起，千障❺裏，長煙❻落日孤城閉❼，濁酒一盃❽家萬里❾，燕然未勒❿歸無計。羌管⓫悠悠霜滿地⓬，人不寐⓭，將軍白髮征夫淚⓮。

【註　釋】

❶國之要阨曰塞，長城之外，皆曰塞上，亦稱塞下。

❷晉書王導傳，風景不殊，舉目有江山之異。

❸衡陽今屬湖南省，書經，荊及衡陽惟荊州。

❹王勃滕王閣序，鴈陣驚寒，聲斷衡陽之浦。

❺孟浩然詩，千巒疊成障。

❻李嘉祐詩，日晚長煙高岸近。

❼王維詩，高城眺落日，極浦映蒼煙。

❽嵇康與山巨源絕交書，濁酒一杯，彈琴一曲，志願畢矣。江總詩，濁酒傾一盃。
❾崔塗詩，蝴蝶夢中家萬里。
❿後漢書竇憲傳，登燕然山刻石勒功，紀漢威德，令班固作銘。
⓫羌管，笛也，溫庭筠詩，羌管一聲何處笛？
⓬李白詩，碧草已滿地。
⓭曹鄴詩，愁人不成寐。
⓮于濆詩，深疑嗚咽聲，中有征人淚。

蘇幕遮　懷舊

范仲淹

碧雲天❶，黃葉❷地；秋色❸連波，波上寒煙❹翠❺。山映斜陽❻天接水，芳草無情❼，更在斜陽外。黯鄉魂❽，追旅思❾，夜夜除非好夢留人睡，明月樓❿高休獨倚，酒入愁腸⓫，化作相思淚⓬。

【註　釋】

❶張祜詩，江靜碧雲天。
❷焦氏易林，隕其黃葉。
❸王維詩，連山復秋色。
❹李白詩，秀水出寒煙。
❺白居易詩，煙翠三秋色。
❻杜牧詩，斜陽下小樓。
❼李商隱詩，一樹碧無情。
❽儲光羲詩，鄉魂涉江水。
❾駱賓王詩，青陸芳草斷，黃沙旅思催。
❿劉長卿詩，夜上明月樓。
⓫韓偓詩，愁腸泥酒人千里，淚眼倚樓天四垂。
⓬盧仝詩，黃金礦裏，鑄出相思淚。

錦纏道　春遊

宋　宋祁（子京）

燕子呢喃❶，景色乍長春晝❷，覷園林❸，萬花如繡，海棠經雨胭脂❹透，柳展宮眉❺，翠拂行人首❻。向郊原踏青，恣歌攜手❼，醉醺醺❽，尚尋芳酒❾，問牧童遙指孤村道，杏花深處，那裏人家有❿？

【註釋】

❶ 摭言，見梁上雙燕呢喃。

❷ 自行簡濾水羅賦，景光春晝。

❸ 儲光羲詩，清氣在園林。

❹ 群芳譜，海棠花如胭脂。

❺ 方干詠柳詩，呈妝葉展眉。

❻ 李後主楊柳枝詞，多謝長條似相識，強垂煙態拂人頭。

❼曹植樂府，攜玉手，喜同車。
❽岑參詩，青門酒樓上，欲別醉醺醺。
❾謝莊月賦，芳酒登，鳴琴薦。
❿杜牧詩，借問酒家何處有？牧童遙指杏花村。

青玉案　春暮

宋　賀鑄（方回）

凌波❶不過橫塘❷路，但目送❸芳塵❹去，錦瑟年華❺誰與度？月樓花院❻，綺窗❼朱戶❽，惟有春知處。碧雲❾冉冉❿蘅皋暮⓫，綵筆空題⓬斷腸句，試問閑愁知幾許⓭？一川煙草，滿城風絮，梅子黃時雨。

【註　釋】

❶曹植洛神賦，凌波微安。
❷六朝事蹟，吳大帝時，自江口沿淮築堤，謂之橫塘。

❸ 嵇康詩，目送飛鴻。

❹ 晉王嘉拾遺記，石虎起樓四十丈，雜寶異香為屑，風作則揚之，名曰芳塵。

❺ 李商隱詩，錦瑟無端五十絃，一絃一柱思華年。

❻ 鄭谷詩，竹莊花院徧題名。

❼ 古詩，交疏結綺窗。

❽ 韓詩外傳，諸侯有德，天子錫之，一錫車馬，再錫衣服，六錫朱戶。

❾ 江淹詩，日暮碧雲合。

❿ 楚詞，老冉冉其將至兮。

⓫ 曹植洛神賦，稅駕乎蘅皋，注蘅杜蘅也。

⓬ 孟浩然詩，綵筆題鸚鵡。

⓭ 李後主詞，問君能有幾多愁？

感皇恩　別情

宋　趙企（循道）

騎馬踏紅塵，長安❶重到，人面依然似花好；舊歡❷纔展，又被新愁❸分了，未成雲雨夢，巫山曉❹。千里斷腸，關山❺古道，回首高城❻似天杳；滿懷離恨❼，付與落花啼鳥❽，故人何處❾也？青春老。

【註　釋】

❶長安漢時都城，今屬陝西省。
❷潘岳文，憶舊歡兮增新悲。太忙案：舊歡一作舊情。
❸郎士元詩，眇眇多新愁。
❹宋玉高唐賦，妾巫山之女也，日為朝雲，暮為行雨。
❺古木蘭詩，萬里赴戎機，關山度若飛。
❻梁元帝詩，卻月隱高城。

❼李白詩，離恨滿蒼波。

❽張繼詩，老盡百花春不管，年年啼鳥怨東風。

❾崔顥詩，日暮鄉關何處是？

解珮令　題詞

朱彝尊

十年磨劍❶，五陵❷結客，把平生❸涕淚都飄盡，老去❹填詞，一半是，空中傳恨，幾曾圍❺燕釵❻蟬鬢❼。不師秦七❽不師黃九倚新聲，玉田❾差近，落拓❿江湖，且分付歌筵紅粉⓫，料封侯⓬，白頭無分。

【註釋】

❶賈島詩，十年磨一劍，霜刃未曾試。

❷漢書原涉傳，長安五陵諸為氣節者，皆歸慕之；注五陵，謂長陵、安陵、陽陵、茂陵、昭陵也。

❸孟浩然詩，平生一片心。

❹杜甫詩，老去詩篇渾漫與。

❺開元遺事，申王苦寒，每冬月令宮女密圍而坐，謂之妓圍。梅堯臣詩，歌管紅袖圍。

❻洞冥記，元鼎元年，起招仙閣，有神女留玉釵。昭帝時發匣，有白燕飛升，宮人因學作玉燕釵。

❼古今注，魏文帝宮人莫瓊樹，始製為蟬鬢，望之縹緲如蟬翼然。

❽後山詩話今代詞手，惟秦七黃九爾，唐諸人不逮也。按秦七少遊，黃九山谷也。

❾張炎字叔夏，有玉田詞。

❿杜牧詩，落拓江湖載酒行。北史楊素傳，少落拓有大志，不拘小節。

⓫孟浩然詩，紅粉春妝寶鏡催。

⓬史記衛將軍傳，安得封侯事乎？

天仙子

送春

宋　張先（子野）

水調❶數聲持酒聽，午醉醒來❷愁未醒❸，送春春去幾時迴❹？臨晚鏡❺，傷流景❻，往事❼悠悠空記省❽，沙上並禽❾池上暝，雲破月來花弄影，重重簾❿幙密遮燈；風不定，人初靜，明日落紅應滿徑。

【註釋】

❶水調歌頭，曲名。

❷陳後主詩，午醉醒來晚。

❸薛能詩，過路得愁醒。

❹迴一本作回。

❺鮑照詩，開黛覩容顏，臨鏡訪遙塗。

❻雲笈七籤，恍惚流景。

❼史記，太史公自敘述往事，思來者。

❽省，察也，審也。

❾何遜詩，漁舟乍同歸，沙禽時獨赴。

❿簾一本作翠。

千秋歲　夏景

宋　謝逸（無逸）

楝❶花飄砌，蔌蔌❷清香細❸，梅雨❹過；蘋風❺起，情隨湘水❻遠；夢遶吳峰翠琴書倦❼，鷓鴣❽喚起南窗睡❾。密意❿無人寄，幽恨憑誰洗⓫？修竹⓬畔，踈簾⓭裏，歌餘塵拂扇⓮，舞罷風掀袂⓯；人散後，一鉤新⓰月⓱天如水。

【註釋】

❶楝一作練。

❷元稹連昌宮詞，風動落花紅蔌蔌。

❸羅隱詩，夜直爐香細。

❹風土記夏至雨，名為黃梅雨。

❺宋玉風賦，風起青蘋之末。

❻岑參詩，洞房昨夜春風起，遙憶美人湘江水。

❼魏志崔琰以琴書自娛。

❽嶺南錄異鷓鴣臆前有白點如珠，背有紫赤浪文。鮑溶詩，終歲啼花山鷓鴣。

❾元稹詩，先醲曉窗睡。

❿盧思道詩，深情出豔語，密意滿橫眸。

⓫韓偓詩，幽恨更誰知？

⓬北史明克讓傳，堂邊有修竹。

⓭梁元帝詩，疏簾度曉光。

⓮劉向別錄，魯人虞公，歌動梁塵。

⓯陸機文賦，譬猶舞者，赴節以投袂。

⓰新一本作淡。

⓱柳宗元詩，新月一鉤吐。

離亭燕　懷古

宋　張昇（杲卿）

一帶江山如畫❶，風物向秋瀟灑❷，水浸碧天何處斷？霽色❸

冷光相射❹，蓼嶼❺荻花洲❻，掩映竹籬茅舍❼。雲際客帆高掛❽，煙外酒帘❾低亞❿，多少六朝⓫興廢事，盡入漁樵閒話⓬，悵望倚層樓，寒日無⓭言西下。

【註釋】

❶ 諸葛亮黃陵廟記，乃見江左大山壁立，林麓峰巒如畫。

❷ 南史隱逸傳，神韻瀟灑。

❸ 霽，雨止也，祖詠詩，林表明霽色。

❹ 喻鳧詩，冷射夜殘爐。王奉珪明珠賦光射珠玉。

❺ 蓼，水草，生水邊，秋日開花。嶼，海中洲也。

❻ 荻花，蘆葦花也。

❼ 杜甫詩，茅舍竹籬短。

❽ 鄭谷詩，客帆懸極浦。

❾ 酒帘，酒家旗招也。李賀詩，試問酒旗歌板地？

❿ 亞，次也。

⓫ 吳晉宋齊梁陳，謂之六朝。

⓬岑參詩，遂耽山水興，盡作漁樵言。

⓭李百藥詩，登城望寒日。

河滿子

秋怨

宋　孫洙（巨源）

悵望浮生❶急景❷，淒涼寶瑟❸餘音，楚客多情偏怨別，碧山遠水登臨❹；目送連天❺衰草❻，夜闌幾處疏砧❼，黃葉❽無風自落❾，秋雲❿不雨⓫長陰⓬，天若有情天亦老⓭，搖搖⓮幽恨難禁；惆悵舊歡⓯如夢，覺來無處追尋。

【註釋】

❶杜甫詩，高枕笑浮生。

❷曹鄴詩，西風吹急景。

❸梁簡文帝七勵，丹山寶瑟。

❹楚詞，登山臨水兮，送將歸。
❺後漢書光武帝紀，塵埃連天。
❻沈約詩，愍衰草，衰草無容色。
❼王昌齡詩，高殿秋砧響夜闌。
❽焦氏易林，桑方將落，損其黃葉。
❾元稹詩，自開還自落。
❿柳惲詩，隴首秋雲飛。
⓫易小畜，密雲不雨。
⓬杜甫詩，連峰積長陰。
⓭溫公詩話李長吉詩，天若有情天亦老，石曼卿對月如無恨月長圓，人為勁敵。
⓮詩經，行邁靡靡，中心搖搖。
⓯李商隱詩，舊歡塵自積。

風入松　春園

宋　吳文英（夢窗）

聽風聽雨過清明，愁草瘞花銘，樓前❶綠暗❷分攜❸路，一絲柳，一寸❹柔情❺；料峭❻春寒中酒❼，迷離❽曉夢啼鶯❾，西園❿日日掃林亭⓫，依舊賞新晴⓬，黃蜂頻撲鞦韆索⓭，有當時，纖手⓮香；凝⓯惆悵雙鴛⓰不到，幽階一夜苔生⓱。

【註釋】

❶李白詩，飛墮酒樓前。

❷溫庭筠寒食詩，紅深綠暗徑相交。

❸李商隱詩，洞中屐響省分攜。

❹白居易詩，酬恩一寸歲寒心。

❺曹植洛神賦，柔情綽態。

❻料峭，輕寒也。陸龜蒙詩，料峭入樓於閬風。

❼中，酒醉也。李廓詩，氣味如中酒。

❽迷離，不明也。木蘭詩，雌兔眼迷離。

❾李益詩，綠窗殘夢曉聞鶯。

❿王粲詩，日暮遊西園。

⓫宋之問詩，林亭春未闌。

⓬閑居賦，微雨新晴。
⓭韓偓詩，獨立俯閒階，風動鞦韆索。
⓮古詩，纖纖出素手。
⓯皮日休詩，茶香凝皓齒。
⓰庾信文，還見雙鴛之集。
⓱賈至詩，舊館秋陰生綠苔。

祝英臺近　春晚

宋　辛棄疾（幼安）

寶釵分❶，桃葉渡❷，煙柳暗南浦❸，怕上層樓，十日九風雨❹，斷腸點點飛紅，都無人管，倩誰喚，流鶯❺聲住？鬢邊覷，試把花卜歸期❻，重簪又重數，羅帳❼燈昏❽，哽咽❾夢中語；是他春帶愁❿來，春歸何處⓫？卻不解，帶將愁去⓬。

【註　釋】

❶白居易長恨歌，釵留一股合一扇，釵擘黃金合分鈿。

❷桃葉渡在金陵秦淮口，晉王獻之愛妾名桃葉，嘗渡此；獻之作歌送之云：「桃葉復桃葉，渡江不用楫。」

❸楚辭送美人兮南浦。江夏記，南浦在江夏縣南三里，按江夏即今湖北江夏縣。

❹王充論衡，五日一風，十日一雨。

❺張說詩，繞殿流鶯凡幾樹。

❻李白詩，何日是歸期？

❼庾信詩，羅帳長垂。

❽杜甫詩，今夕知何夕？燈愁錦帳中。又夢覺燈生暈。

❾哽咽，古焦仲卿詩，哽咽不能語。

❿來鵬詩，枕陪寒席帶愁眠。

⓫黃庭堅詞，春歸何處？寂寞無行路。

⓬賈至詩，東風不為吹愁去。

御街行　懷舊

范仲淹

紛紛墜葉❶飄香砌❷，夜寂靜❸，寒聲碎❹，真珠簾❺捲玉樓❻空，天淡❼銀河❽垂地；年年今夜❾，月華如練❿長是人千里⓫。愁腸已斷無由醉⓬，酒未到，先成淚，殘燈明滅⓭枕頭欹，諳⓮盡孤眠滋味，都來此事，眉間⓯心上，無計相迴避⓰。

【註釋】

❶賈至詩，楓岸紛紛落葉多。
❷陳後主詩，春砌落芳梅。
❸王昌齡詩，西宮夜靜百花香，欲捲珠簾春恨長。
❹楊思玄詩，鳥聲含羽碎。
❺西京雜記，昭陽殿織珠為簾，風至則鏘鳴。
❻楊巨源詩，楊柳玉樓晴。

❼杜牧詩，天澹雲閒今古同。

❽天河謂之銀河，亦稱雲漢。李白詩，銀河倒瀉三石梁。

❾李商隱七夕詩，換得年年一度來。

❿李群玉看月詩，練影掛樓臺。

⓫謝莊月賦，美人邁兮音塵絕，隔千里兮共明月。

⓬韓偓詩，愁腸泥酒人千里。

⓭白居易詩，旱蛩啼復歇，殘燈明又滅。

⓮諳，熟知也，悉也。

⓯尹文子得之於眉睫之間，韓愈詩，眉間黃色見歸期。

⓰漢書趙廣漢傳，書無所迴避，薛能詩，牆花此日休迴避。

驀山溪

贈妓陳湘

黃庭堅

鴛鴦翡翠❶，小小❷思珍偶❸，眉黛斂❹秋波❺，儘湖南山明❻水秀；娉娉❼嫋嫋❽，恰近十三餘❾春未透❿花枝瘦⓫，正是愁時候

⑫。尋芳載酒⑬肯落他人後⑭？只恐遠歸來綠成陰⑮，青梅如豆心期⑯得處每自不由人，長亭柳⑰君知否？千里裡猶回首⑱。

【註釋】

❶李白詩，玉樓巢翡翠，金殿鎖鴛鴦。

❷杜荀鶴詩，二雛毛骨秀仍奇，小小能吟大大詩。

❸詩經鄭箋，鴛鴦止則相偶，飛則為雙，性馴偶也。

❹黃思恭昭君怨，眉黛雪沾殘。

❺傅毅舞賦，目流涕而橫波，注，斜視如水波之橫流也。

❻盧綸詩，坐憶曉山明。

❼娉婷，美貌。

❽嫋嫋，長弱貌。

❾杜牧詩，娉娉嫋嫋十三餘。

❿薛能詩，滴滴春霖透荔枝。

⓫李咸用詩，蟬稀秋樹瘦。

⓬梁簡文帝文，涼燠得宜，時候無爽。

⓭漢書楊雄傳，時有好事者，載酒肴，從遊學。

⓮李白，風流肯落他人後？

⓯杜牧遊湖州；見垂髫女國色，與約十年不來，即從他適。後十四年至郡，女已從柳人詩年，生二子。牧為詩云：

「自是尋春去較遲，不須惆悵怨芳時；狂風吹盡深紅色，綠葉成陰子滿枝。」

⓰三期，心所期望也。韓偓詩，眼意心期卒未休，又情緒牽人不自由。

⓱全唐詩話韓翃寄寵姬柳氏詩，章臺柳，章臺柳，昔日青青今在否？戴倫叔詩，濯濯長亭柳。

⓲杜甫詩，我行入東川，十步一回首。太忙案：恰一作恰近。

洞仙歌

夏夜❶

東坡改　孟蜀主作

冰肌❷玉骨，自清涼❸無汗，水殿風來暗香❹滿；繡簾開❺一點，明月❻窺人，人未寢，欹枕❼釵橫鬢亂❽。起來攜素手❾，庭戶無聲❿。時見疏星渡河漢⓫，試問夜如何⓬？夜已三更，金波淡，玉繩低轉⓭，但屈指⓮西風幾時來，又只恐⓯流年⓰，暗中偷換。

【註　釋】

❶東坡自序云：「僕七歲，見眉州老尼姓朱，年七十餘，自言嘗入孟昶宮。一日主與花蕊夫人夜起，避暑摩訶池，作一詞，朱能記之。今四十餘年，朱已死，人無知此詞者，獨記首兩句，為足之云。」

❷莊子，肌膚若冰雪。

❸杜甫詩，清涼破炎毒。

❹王昌齡詩，水殿風來珠翠香。

❺閒一作開。

❻杜甫詠月詩，關山同一點。

❼元稹詩，誰憐獨欹枕，斜月透窗明。

❽陸龜蒙詩，鬢亂羞雲卷。

❾李陵詩，攜手上河梁。

❿王建詩，冷露無聲溼桂花。

⓫河漢，即天河也。參同契煥若星經漢兮，昺如水宗海。

⓬詩經，夜如何其夜未央。杜甫詩，明朝有封事，數問夜如何？

⓭謝脁詩，金波麗鳷鵲，玉繩低建章，按金波玉繩，皆謂銀河也。

⓮屈指，謂以指數之也。白居易詩，醉來屈指數親知。

⓯只恐一本作不道。

⑯柳宗元詩，豈容華髮待流年？

瀟湘夜雨

燈花 宋 趙長卿（仙源）

斜點銀釭❶，高擎❷蓮炬❸，夜深不耐微風，重重簾幕捲堂中；香漸遠，長煙裊穟❹光不定寒影搖紅❺，偏奇處當庭月暗，吐焰如虹❻。紅裳呈艷，麗娥一見，無奈狂蹤❼，試煩他纖手，捲上紗籠❽，開正好，銀花❾照夜，堆不盡，金粟凝空❿，丁寧語⓫，頻將好事，來報主人公⓬。

【註釋】

❶釭字本作釭，燈也。白居易詩，斜背銀釭半下帷。

❷擎，持高也。

❸炬，翰苑新書，唐令狐綯為翰林，夜對禁中，上敕以金蓮花炬送綯還。

❹穟，禾穗之貌，香煙燭煙，亦稱煙穟。

❺燭影搖紅，曲名。

❻盧仝燈詩，今夜此焰如長虹。

❼異聞錄，楊穆於昭應寺讀書，見紅裳女子，問其姓？曰：「遠祖名無忌，姓宋，十四代祖因顯揚釋教，封西明公，明皇封妾西明夫人。」後驗之，乃經幡中燈也。

❽白居易詩，紗籠耿殘燭。

❾沈佺期詩，火樹銀花合。

❿韓愈燈花詩，囊裏排金粟。

⓫杜甫詩，便教鶯語太丁寧。

⓬韓愈燈花詩，更煩將喜事，來報主人翁。

滿江紅　金陵懷古

元　薩都刺❶（天錫）

六代❷豪華❸，春去也，更無消息，空悵望，山川形勝❹，已非疇昔❺；王謝堂前雙燕子，烏衣巷口曾相識❻，聽夜深寂寞打孤城❼，春潮急❽。思往事，愁如織❾，懷故國，空陳跡❿，但荒煙衰草⓫，亂鴉斜日⓬；玉樹歌⓭殘秋露冷⓮，胭脂⓯井壞寒螿⓰泣，到而今只有蔣山⓱青秦淮碧⓲。

【註　釋】

❶ 剌，四庫提要作拉。

❷ 六代即六朝。

❸ 舊唐書韋陟傳，陟門第豪華，早踐清列。

❹ 南史劉善明傳，淮南近畿，國之形勝；按金陵鍾山龍蟠，石頭虎踞，所謂形勝之國。

❺ 左傳宣二年，羊斟曰：「疇昔之羊子為政。」註，疇昔猶前日也。

❻ 烏衣巷在秦淮南，王導謝安居此，子弟皆稱烏衣郎，故名。劉禹錫詩，朱雀橋邊野草花，烏衣巷口夕陽斜；舊時王謝堂前燕，飛入尋常百姓家。

❼ 劉禹錫詩，山圍故國周遭在，潮打孤城寂寞回。

❽ 韋應物詩，春潮帶雨晚來急。

❾ 杜牧詩，世事繁如織。

❿ 莊子：夫六經，先王之陳跡也，跡即足跡，陳跡謂已往之跡。

⓫ 李白謝公宅詩，荒庭衰草徧。

⓬ 劉長卿詩，亂鴉投落日。

⓭ 陳書，後主曲名，有玉樹後庭花，大抵美妃嬪容色也。

⓮ 隋煬帝詩，清露冷侵寒兔影。

⓯ 南畿志，景陽井在臺城，陳後主與孔貴嬪張麗華投其中，以避隋兵。舊傳欄有石脈，以帛拭之，作胭脂痕，名胭脂井。

⓰ 螿，玉篇，寒螿蟬屬。方言郭註，寒蜩螿也，似蟬而小，色青。

⓱ 金陵圖經，漢蔣子文為秣陵尉，逐盜鍾山，傷額而死。至吳時為神，吳大帝封之為蔣侯；吳避祖諱，改鍾山為蔣山。

⓲ 晉陽秋秦始皇東遊，望氣者云：「金陵有天子氣。」遂於方山掘流入江，號曰秦淮。江總歸金陵詩，歸來惟見秦淮碧。

玉漏遲

詠懷　金　元好問（裕之）

浙江歸路杳，西南卻羨，投林高鳥❶，升斗微官❷，世累❸苦相縈繞；不是麒麟殿裏❹，又不與，巢由❺同調，時自笑，虛名❻負我，半生吟嘯❼擾擾❽馬足車塵❾，被歲月無情，暗消年少鐘鼎山林❿一事幾時曾了？四壁秋蟲⓫夜雨，更一點，殘燈⓬斜照，清鏡曉⓭白髮又添多少？

【註釋】

❶杜甫詩，仰羨黃昏鳥，投林羽翮輕。

❷升斗，言祿米也，謂以微官薄祿。潘岳詩，豈敢陋微官？

❸嵇康詩，不為世累所攖。

❹漢書甘露三年，圖畫功臣於麒麟閣，凡十一人。

❺高士傳，單父者，堯時隱人，山居不營世利，以樹為巢而處。許由字武仲，為人據義履方，世稱二人為巢由。

❻史記平原君傳，以虛名得君。

❼宋之問詩，吾生抱忠信，吟嘯自安閒。

❽鮑照詩，擾擾遊宦子。

❾費昶詩，飄飄馬足塵，又宋之問詩，空累屬車塵。

❿古者帝王褒錫功臣，勒銘鐘鼎，蓋言仕宦也，山林則指歸隱。

⓫歐陽修秋聲賦，但聞四壁蟲聲唧唧。

⓬李昌符詩，芙蓉葉上三更雨，蟋蟀聲中一點燈。

⓭白居易詩，夜沐早梳頭，窗明秋鏡曉。

水調歌頭

中秋

蘇軾

明月幾時有？把酒問青天❶，不知天上宮闕❷今夕是何年❸？我欲乘風歸去❹；又❺恐瓊樓玉宇❻，高處不勝寒❼，起舞弄清影，何似在人間❽？轉朱閣❾，低綺戶❿，照無眠⓫，不應有恨，何事偏⓬向別時圓⓭；人有悲歡離合，月有陰晴圓缺，此事古難全，但願人長久，千里共嬋娟⓮。

【註　釋】

❶李白詩，青天有月來幾時，我今停盃一問之？

❷皇覽，黃帝乘龍升雲，上至列闕，倒景天宮。

❸韓愈詩，今夕知何夕？

❹盧仝詩，蓬萊山在何處？玉川子乘此清風欲歸去。

❺又一作唯。

❻五皇經，天上有白玉京，黃金闕。

❼明皇雜錄，葉靜能邀上遊月宮，請衣裘而往，及至月宮，寒不能禁。

❽杜甫詩，人間月影清。

❾孫綽賦，朱閣玲瓏于林間。

❿溫庭筠詩，綺戶雕楹長若此。

⓫李白詩，月明欲素秋不眠。

⓬偏一本作長。

⓭石曼卿詩，月如無恨月長圓。

⓮李白詩，嬋娟美女初月輝。太忙案：綺戶一作繡戶。

滿庭芳

春遊

秦觀

曉色❶雲開，春隨人意❷，驟❸雨才過還晴古臺芳榭❹，飛燕蹴紅英❺，舞困榆錢❻自落，鞦韆❼外，綠水橋平❽，東風裏，朱門映柳，低按小秦箏❾。多情行樂處❿，珠鈿⓫翠蓋⓬，玉⓭轡⓮紅纓⓯，漸酒空金榼⓰，花困⓱蓬瀛⓲，豆蔻梢頭⓳舊恨⓴，十年夢㉑，屈指堪驚，凭欄久，疎煙淡日，寂寞下蕪城㉒。

【註　釋】

❶曉色一本作晚兔。

❷杜甫詩，隨意隴頭雲。

❸驟，疾速也。

❹禮記，月令仲夏之月，可以處臺榭注，有土謂之臺，有木謂之榭。

❺杜甫詩，燕蹴(ㄘㄨˋ)飛花落舞筵。

❻本草，榆未生葉時，枝條間先生榆莢，形似錢而小，俗呼榆錢。庾(ㄩˇ)信詩，榆莢新開巧似錢。

❼古今藝術，鞦韆，北方戎戲也，以習輕趫(ㄑㄧㄠˊ)者。

❽杜甫詩，野水平橋路。

❾音樂指歸箏形如瑟，長六尺，絃有十二柱，高三寸。風俗通謂蒙恬作箏，箏，秦聲也。

❿鮑昭遠行樂詞，春風太多情。

⓫鈿(ㄊㄧㄢˊ)，金華飾也。

⓬淮南子，馳要裊(ㄋㄧㄠˇ)，建翠蓋。按蓋，蓋繖(ㄙㄢˇ)也。

⓭玉一作金。

⓮轡(ㄆㄟˋ)，馬韁也。

⓯纓(ㄧㄥ)，馬鞅也，在馬膺首。

⓰榼(ㄎㄜˋ)，酒器也。金榼(ㄎㄜˋ)他本作醽(ㄌㄧㄥˊ)醁(ㄌㄨˋ)，酒名也。

⓱困一作自。

⓲蓬瀛謂蓬萊、瀛洲，皆仙山也。

⓳杜牧詩，豆蔻梢頭二月初。

⓴十一作千。

㉑ 杜牧詩，十年一覺揚州夢。

㉒ 揚州古名蕪城，漢時吳王濞都邗溝城，濞廢而城蕪。此詞末句，他本作微映百層城。

鳳凰臺上憶吹簫

別情

李清照

香冷金猊❶，被翻紅浪，起來慵❷自梳頭，任寶奩塵❸滿，日上簾鉤❹，生怕離懷別苦，多少事，欲說還休❺，新來瘦，非干病酒❻，不是悲秋❼。休休，這回去也，千萬遍陽關❽，也則難留，念武陵人❾遠，煙鎖秦樓❿；惟有樓前流水，應念我，終日凝眸⓫，凝眸處，從今又添，一段⓬新愁⓭。

【註釋】

❶ 潛確類書金猊寶鼎，焚香器也。

❷ 慵，懶也。

❸ 奩，盛香器鏡奩也。李商隱詩，寶奩抛擲久，一任景陽鐘。
❹ 杜甫詩，落日在簾鉤。
❺ 朱慶餘詩，含情欲說宮中事，鸚鵡前頭不敢言。
❻ 酒醉謂之病酒。
❼ 宋玉九辯，悲哉秋之為氣也！姚合詩，風流才器亦悲秋。
❽ 李商隱詩，斷腸聲裏唱陽關。
❾ 裴迪詩，莫學武陵人，暫遊桃源裏。
❿ 秦樓，見前秦樓月注。
⓫ 韓偓詩，凝眸不覺斜陽盡。
⓬ 王昌齡詩，新聲一段高樓月。
⓭ 郎士元詩，南望涔陽路，眇眇多新愁。

燭影搖紅　惜春　宋　王詵（晉卿）

香臉輕勻❶，黛眉巧畫宮粧淺❷，風流天付與精神，全在嬌波轉❸，早是縈心❹可慣，更那堪，頻頻顧盼；幾回得見，見了還休，爭如不見，燭影搖紅，夜闌飲散春宵短❺，當時誰解唱陽關❻，離恨天涯❼遠，無奈雲收雨散❽，凭欄干，東風淚眼❾，海棠開後❿燕子⓫來時，黃昏庭院。

【註釋】

❶韓偓詩，向鏡輕勻襯臉霞。
❷韓偓詩，宮樣衣裳淺畫眉。
❸嬌波，眼波也。
❹謝眺詩，安根不可知，縈心終不測。
❺白居易詩，春宵苦短日高起。
❻唱陽關，注見前。
❼徐陵與王僧辯書，惟桑與梓，翻若天涯。
❽溫庭筠詩，心遊目送三千里，雨散雲收二十年。
❾韓偓詩，淚眼倚樓天四垂。

⑩ 薛能詩，春陰又過海棠時。

⑪ 杜甫詩，泥融飛燕子。

暗香

詠紅豆

朱彝尊

凝珠①吹黍，似早梅乍萼②，新桐初乳③莫是珊瑚，零亂敲殘石家樹④，記得南中舊事，金齒屐⑤，小鬟蠻語⑥，看兩岸，樹底盈盈，素手摘新雨延佇，碧雲暮⑦，休逗⑧入茜⑨裙⑩，欲尋無處，唱歌歸去，先向綠窗飼鸚鵡⑪，惆悵檀郎終遠，待寄與，相思⑫猶阻，燭影下，開玉合⑬，背人倫數。

【註釋】

① 玉海甘露曲，其甘如醴，其凝如珠。

② 萼，花含苞也。

❸莊子，桐乳致巢。司馬彪注曰：「桐子似乳，著其葉而生。」

❹晉書石崇傳，王愷嘗以珊瑚樹高二尺許示崇，崇便以鐵如意擊碎。

❺李白詩，一雙金齒屐，兩足白如霜。南越志軍安縣女子趙嫗，著金霜齒屐。

❻張籍詩，時逢海南客，蠻語問誰家？

❼李白詩，不覺碧山暮，秋雲暗幾重。

❽逗通作投。

❾茜，音倩，絳色，赤黃色也。

❿李群玉詩，湘江女子茜裙新。

⓫杜甫詩，紅豆啄餘鸚鵡粒。

⓬王維詩，紅豆生南國，春來發幾枝，願君多采擷，比物最相思。

⓭玉合，玉製合子也。章孝標詩，檢自青囊底，收安玉合中。

聲聲慢　秋情

李清照

尋尋覓覓，冷冷清清，淒淒慘慘戚戚。乍暖還寒時候，最難將息❶。三盃兩盞淡酒，怎敵他晚來風急❷，雁過也，正傷心❸，卻是舊時相識❹。滿地黃花堆積，憔悴損，而今有誰堪摘？守著窗兒，獨自怎生得黑？梧桐更兼細雨，到黃昏點點滴滴，這次第，怎一箇愁字了得。

【註釋】

❶將息即休養也，白居易詩，也知數出妨將息。

❷錢起詩，嚴冬北風急，中夜哀鴻去。

❸趙嘏詩，鄉心正無限，一雁度南樓。

❹吳均詩，一燕海上來，一燕高堂息，一朝相逢遇，依然舊相識。

雙雙燕 本意

宋 史達祖（邦卿）

過春社了❶，度簾幙中間去年塵冷，差池❷欲住，試入舊巢相並，還相雕梁❸藻井❹，又軟語，商量不定，飄然快拂花梢，翠尾分開❺紅影❻。芳徑❼，芹泥❽雨潤，愛貼地爭飛，競誇輕俊，紅樓歸晚❾，看足柳昏花暝，應是棲香正穩，便忘了天涯芳信❿，愁損翠黛雙蛾⓫，日日畫欄獨凭⓬。

【註釋】

❶燕，春社日來，秋社日去。杜牧詩，社去社來人不看。

❷差池，燕飛貌，詩經，燕燕于飛，差池其羽。

❸張九齡詠燕詩，繡戶時雙入，雕梁日幾回。

❹方樑繪水草謂之藻井，西京賦帶倒茄於藻井。

❺盧綸詩，燕拂宜秋霽。

❻吳融詩，紅影飄來翠影微。

❼陸龜蒙詩，共尋芳徑結煙條。

❽杜甫詩，芹泥隨燕嘴。

❾鄭谷詩，亂入紅樓揀杏梁。

⑩儲光羲詩，引領遲芳信。

⑪溫庭筠詩，鳳低蟬薄愁雙蛾。

⑫凭，同憑字。

晝夜樂

憶別

宋 柳永（耆卿）

洞房記得初相遇❶，便只合，長相聚，何期小會幽歡，變作別離情緒❷，況值闌珊❸春色暮❹，對滿目，亂花狂絮❺直恐好風光，盡隨伊歸❻去❼，一場寂寞憑誰訴❽？算前言，總輕負，早知恁❾地難拚❿，悔不當初留住，其奈風流端整外，更別有，繫人心處，一日不思量，也攢⓫眉千度。

【註釋】

❶李邕日賦，喜傾蓋之相遇。

❷司空圖詩，客處不堪頻送別，無多情緒更傷情。
❸白居易詩，詩情酒興漸闌珊。
❹杜甫詩，江湖春欲暮。
❺杜甫詩，顛狂柳絮隨風舞。
❻白居易詩，將謂春光總屬伊。
❼段成式詩，莫辭倒載吟歸去。
❽班彪北征賦，水伊鬱其誰愬？按愬即古訴字。
❾恁，說文徐鍇注，恁俗言如此也。
❿拌，揚子方言漢人凡揮棄之物謂之拌，今俗誤作拚。
⓫攢（又讀ㄗㄢˇ），攢聚也。太忙案：別離情緒一作離情別緒。

鎖窗寒

寒食　宋　周邦彥（美成）

暗柳啼鴉❶，單衣佇❷立，小簾朱戶，桐花半❸畝，靜鎖❹一庭愁雨，灑空階❺，更闌❻未休，故人剪燭西窗語❼，似楚江暝宿，風燈零亂❽，少年羈旅遲暮，嬉遊處，正店舍無煙❾，禁城百五❿，旗亭⓫喚酒，付與高陽儔侶⓬，想東園，桃李自春小唇秀靨⓭今在否？到歸時，定有殘英，待客攜樽俎。

【註釋】

❶李賀詩，楊柳伴啼鴉。

❷竚，企也，久立也。

❸元稹詩，去日桐花半桐葉。

❹吳融詩，靜鎖圓靈象緯沈。

❺貫休詩，猿爭山果落空階。

❻方干詩，晨雞兩遍報更闌。

❼李商隱詩，何當共剪西窗燭，卻話巴山夜雨時？

❽曹唐詩，曉露楓燈零落盡。

❾歲時記，介之推三月五日，為火所焚，國人哀之，每歲春暮不舉火，謂之禁煙。

❿歲時記，去冬至節一百五日，謂之寒食。

⓫集異記，開元中，詩人王昌齡高適王之渙齊名，一日共詣旗亭貰酒。

⑫史記酈生傳酈生瞋目按劍叱曰：「吾高陽酒徒也。」
⑬靨，面頰上的小窩。

瑤臺聚八仙　寄興

宋　張炎（叔夏）

秋月娟娟❶，人正遠，魚雁待拂吟牋，也知遊事，多在第二橋❷邊，花底鴛鴦深處睡，柳陰淡隔裏湖船❸路綿綿，夢吹舊曲，如此山川。平生幾兩❹謝屐❺，便放歌自得，直上風煙，峭壁誰家？長嘯❻竟落前，十年孤劍萬里❼，又何似畦分抱甕泉❽，中山酒❾，且醉餐石髓白眼青天。

【註釋】

❶鮑照翫月詩，娟娟似蛾眉。
❷名勝志，蘇堤開六橋以通水，一曰跨虹，二曰東浦。

❸西湖分裏湖外湖，以孤山隔之。

❹兩或作緉，說文緉履兩枚也，按履一雙謂之緉。

❺世說新語，阮孚好蠟屐，常歎曰：「未知一生當著幾兩屐？」

❻晉書阮籍傳，籍嘗遇孫登於蘇門山，與商略終古，不應，長嘯而退，聲若鸞鳳，音響巖谷。

❼戴叔倫詩，酬恩仗孤劍，十年弊貂裘。

❽莊子，子貢過漢陰，見一丈人，方將為圃畦，鑿隧而入井，抱甕而出灌。子貢曰：「有械於此，一日浸百畦，夫子不欲為乎？」

❾博物志，劉元石曾於中山酒家沽酒，酒家與千日酒，飲之大醉，其家以為死。

陌上花　有懷

元　張翥（仲舉）

關山夢裡，歸來還又，歲華催晚❶，馬影❷雞聲❸，諳盡倦郵荒館❹，綠箋密記多情事，一看一回腸斷❺，待殷勤寄與，舊遊鶯燕，水流雲散❻。滿羅衫是酒，香痕❼凝處，唾碧啼紅❽相半，只恐梅花，瘦倚夜寒誰暖？不成便沒相逢日，重整釵鸞❾箏雁❿，但何郎⓫縱有，春風詞筆，病懷渾懶。

【註釋】

❶辛常伯詩，他鄉歲華晚。

❷曹唐遊仙詩，馬影龍聲歸五雲。

❸溫庭筠詩，雞聲茅店月。

❹郵謂郵亭，館謂客館。

❺李白詩，一看一回腸一斷，三春三月憶三巴。

❻王粲詩，風流雲散，一別如雨。

❼白居易詩，襟上杭州舊酒痕。

❽李商隱詩，蠟燭啼紅怨天曙。

❾杜陽雜編，唐同昌公主有九鸞釵，李商隱詩，鸞釵映月寒錚錚。

❿溫庭筠彈箏人詩，鈿蟬金雁皆零落，箏雁，謂箏上雁柱也。

⓫李商隱詩，何郎燭暗誰能詠？

解語花

元宵

周邦彥

風銷焰蠟❶，露浥烘爐，花市光相射，桂華流瓦❷，纖雲散❸；耿耿❹素娥❺欲下；衣裳淡雅，看楚女，纖腰一把❻，簫鼓喧，人影參差，滿路飄香麝。因念帝城❼放夜❽，望千門如晝，嬉笑遊冶，鈿車❾羅帕，相逢處，自有暗塵隨馬❿，年光是也，惟只見，舊情衰謝，清漏移，飛蓋歸來，任舞休歌罷。

【註　釋】

❶梁簡文帝詠燭詩，風度焰還輕。

❷俗謂月中有桂樹，見西陽雜俎，是以謂月色為桂華。

❸韓愈詩，纖雲四捲天無河。

❹謝朓詩，秋河曙耿耿。

❺羅公遠傳，明皇遊月宮，見素娥十餘人，皓衣乘白鸞，舞於桂下。

❻杜牧詩，楚腰纖細掌中輕。

❼帝城，都城也。

❽漢志，金吾掌禁夜行，唯正月十五許弛禁，謂之放夜。

❾白居易詩，曲江碾草鈿車行。

❿蘇味道詩，暗塵隨馬去，明月逐人來。

換巢鸞鳳　春情

史達祖

人若梅嬌，正愁橫斷隖❶，夢遶溪橋❷，倚風融漢粉❸，坐月怨秦簫❹，相思因甚到纖腰？定知我今，無魂可銷，佳期晚，謾幾度淚痕相照。人悄天渺渺，花外語香，時透郎懷抱暗握荑苗❺，乍嘗櫻顆❻猶恨侵堦芳草天念王昌❼忒多情，換巢鸞鳳教偕老，溫柔鄉❽，醉芙蓉一帳春曉。

【註釋】

❶隖，壁壘也。
❷韓翃詩，野寺吟詩入，溪橋折筍遊。
❸漢粉，漢宮脂粉也。
❹秦穆公女弄玉，及壻蕭史，皆善吹簫，故謂之秦簫。
❺詩經，手如柔荑。
❻櫻顆，唇也。
❼梁元帝莫愁歌，恨不早嫁東家王，說者謂東家王，王昌也。李商隱詩，王昌只在牆東住。
❽飛燕外傳，后進合德，帝大悅，以輔屬體，無所不靡，謂為溫柔鄉，曰：「吾老是鄉矣！」

念奴嬌

石頭城懷古用東坡赤壁韻

薩都剌

石頭城❶上，望天低，吳楚眼空無物。指點六朝形勝地，惟有青山如壁❷；蔽日旌旗，連雲❸檣艣❹，白骨紛如雪。大江南北❺，銷磨多少豪傑。寂寞避暑離宮，東風輦路❻芳草年年發。落日無人松逕❼

冷，鬼火高低明滅，歌舞尊前，繁華鏡裏，暗換青青髮，傷心千古，秦淮一片明月。

【註釋】

❶丹陽記，石頭城吳時始土隖，義興時加磚累石頭以為城，形險固有奇勢。元和郡國志，石頭城即楚之金陵城也，吳改為石頭城。

❷陳子昂詩，懸巖青壁斷，地險碧流通。

❸謝超宗詩，旌蔽日，車若雲。

❹檣，玉篇船檣，帆柱也，按即船桅也。艫，船上望樓也，又與櫓通，船橈也。

❺魏文帝出廣陵望大江波濤洶湧曰：「嗟乎！此天所以限南北也。」

❻輦路，宮中路也。

❼李嘉祐詩，高月穿松逕。

東風第一枝

憶梅

張翥

老樹渾苔，橫枝未葉，青春肯誤芳約，背陰未返冰魂，陽梢已含紅萼❶，佳人寒怯，誰驚起，曉來梳掠❷？是月斜花外么禽❸，霜冷竹間幽鶴，雲淡淡、粉痕漸薄❹風細細，凍香又落，叩門喜伴金樽❺，倚闌怕聽畫角❻，依稀夢裏，記半面❼淺窺珠箔❽，怎時得重寫鸞牋，去訪舊遊東閣❾？

【註釋】

❶鮑照詩，含桃紅萼蘭紫芽。

❷白居易詠髮詩，既不勞洗沐，又不勞梳掠。

❸龍城錄，隋開皇中，趙師雄遊羅浮，見美人淡妝素服，語極清麗，與之共飲。久之東方既白，乃在大梅花樹下，上有翠羽啾嘈，月落參橫，但惆悵而已！

❹溫庭筠詩，粉痕零落愁紅淺。

❺樽，酒盃也。謝靈運詩，金樽盈清醑。

❻張南史詩，寒風吹畫角，暮雪犯征衣。

❼南史徐妃傳，妃知帝將至，必為半面以俟。李商隱南朝詩，休誇此地分天下，只得徐妃半面妝。

❽珠箔，即珠簾也。漢武故事，武帝起神室，以白珠織為箔，玳瑁壓之。劉孝威詩，虬簷掛珠箔，虹梁卷霜綃。

❾梁書，何遜作揚州法曹，廨舍有梅花一株，取吟詠其下；後居洛思之，請再往。抵揚州，花方盛開，遜對樹徬徨終日。杜甫詩，東閣官梅動詩興，還如何遜在揚州。

慶春澤

紀恨

朱彝尊

橋影流虹❶，湖光映雪，翠簾❷不捲春深，一寸橫波，斷腸人在樓陰，遊絲不繫羊車❸住，倩何人傳語青禽❹？最難禁，倚徧雕闌❺夢徧羅衾重來已是朝雲散，悵明珠佩冷，紫玉煙沈，前度❻桃花❼，依然開滿江潯，鍾情❽怕到相思路，盼長堤草盡紅心，動愁吟，碧落黃泉，兩處追尋❾。

【註釋】

❶庾信渭橋詩，跨虹連絕岸。

❷宋史樂志，翠簾人靜月光浮。

❸晉書，衛玠美姿容，少時乘羊車至洛陽市，見者以為璧人。

❹漢武故事，七月七日，忽有青鳥飛集殿前，東方朔曰：「此西王母欲來。」有頃，王母至，二青鳥夾侍王母旁。

❺韓偓詩，分明窗下聞裁剪，敲徧闌干喚不應。

❻劉禹錫詩，種桃道士歸何處？前度劉郎今又來。

❼崔護人面桃花事，注見前。

❽晉書王衍傳，衍曰：「聖人忘情，最下不及於情，情之所鍾，正在我輩。」

❾白居易長恨歌，上窮碧落下黃泉，兩處茫茫皆不見。

桂枝香

金陵懷古　宋　王安石（介甫）

登臨縱❶目，正故國晚秋天氣初肅❷，千里澄江似練❸，翠峰如簇，征帆去棹殘陽裏，背西風，酒旗斜矗❹，綵舟雲淡❺，星河鷺起，畫圖難足，念自昔豪華競逐歎門外樓頭，悲恨相續❻，千古憑高❼對此，漫❽嗟榮辱，六朝❾舊事隨流水，但寒煙，衰草凝綠，至今商女，時時猶唱，後庭❿遺曲。

【註　釋】

❶縱一本作送。

❷文選，天高萬物肅。

❸謝玄暉詩，澄江靜如練。

❹矗，高立也。

❺杜甫詩，清江白日落欲盡，復攜美人登綵舟。

❻楚詞，心不怡之長久兮，憂與憂其相接。

❼羅鄴詩，憑高總惆悵，今古一何殊？

❽漫一作謾。

❾吳東晉宋齊梁陳並都金陵，是為六朝。

⑩杜牧泊秦淮詩，商女不知亡國恨，隔江猶唱後庭花。按玉樹後庭花，陳後主曲名。猶唱一本作尚歌。

翠樓吟

美人魂　　清　黃之雋（石牧）

月魄❶荒唐，花靈❷髣髴❸，相攜最無人處，闌干芳草外，忽驚轉，幾聲啼宇❹，飄零何許？似一縷游絲，因風吹去❺，渾無據，想應淒斷，路旁酸雨日暮，渺渺愁予❻，覺黯然銷者，別情離緒❼春陰樓外❽遠入煙柳❾和鸎私語❿，連江暝樹，欲打點幽香，隨郎黏住；能留否？只愁輕絕化為飛絮⓫。

【註　釋】

❶參同契，陽神日魂，陰神月魄，魂之與魄，互為室宅。

❷花靈，花神也。

❸髣髴，若似也。

❹啼宇，杜宇也，即杜鵑鳥，注見前。

❺李白詩，雨色風吹去，南行逐楚王。

❻楚詞，目渺渺兮愁予？

❼江淹別賦，黯然銷魂者，惟別而已。

❽常建詩，晴天無纖翳，郊野浮春陰。

❾李商隱詩，青門弄烟柳。

❿劉長卿詩，黃鸎自語豈知人？白居易詩，夜半無人私語時。

⓫羅隱詩，自家飛絮猶無定，爭把長條絆得人？

瑞鶴仙

風懷

史達祖

杏煙嬌濕鬢，過杜若汀洲❶，楚衣香潤，回頭翠樓近，指鴛鴦沙上❷暗藏春恨歸鞭隱隱，便不念、芳痕未穩，自簫聲吹落雲東，再數故園❸花信❹誰問聽歌窗罅❺，倚月鉤闌❻，舊家輕俊，芳心一寸，相思後，總灰盡❼奈春風多事，吹花搖柳❽，也把幽情喚醒，對南溪，桃萼翻紅，又成瘦損。

【註釋】

❶杜若，香草也，一名杜蘅。庾信哀江南賦，就汀洲之杜若，李中詩，杜若媚汀洲。

❷羅鄴詠鴛鴦詩，暖依牛渚汀沙媚。

❸故園，即故鄉也，柳宗元詩，憑寄還鄉夢，殷勤入故園。

❹花信，注見前。

❺罅，裂孔也。

❻段克己詩，風簾斜揭玉鉤欄。

❼李商隱詩，春心莫共花爭發，一寸相思一寸灰。

❽孟郊搖柳詩，弱弱本易驚，看看勢難定，因風似醉舞，盡日不能正。

水龍吟　白蓮

張炎

仙人掌上玉芙蓉，涓涓猶滴金盤露❶，輕妝照水，纖裳玉立，飄飄❷似舞，幾度消凝，滿湖烟月，一汀鷗鷺❸，記小舟夜悄，波明香遠，渾不見，花開處應是浣紗人❹妒，褪紅裳被誰輕誤❺？閒情淡雅，冶姿清潤，憑嬌待語❻，隔浦相逢，偶然傾蓋❼，似傳心素，怕湘皋珮解❽，綠雲十里卷西風去。

【註　釋】

❶漢武故事，帝以銅作承露盤，上有仙人掌，擎玉盤以承雲表之露。李商隱詩，仙人掌冷三霄露。

❷史記司馬相如傳，相如既奏大人之頌，天子大悅，飄飄有凌雲之氣。

❸白居易詩，波間戲魚鼈，風靜下鷗鷺。

❹寰宇記，會稽縣東有西施浣紗石，王維詩，誰憐越女顏如玉，貧賤江自浣紗？

❺韓愈詩，無端又被春風誤。
❻王維詩，荷花嬌欲語，愁殺蕩舟人。
❼孔子家語，孔子之郯，遭郯子於途，傾蓋而語。按蓋，車蓋也。
❽列仙傳，江妃二女遊江濱，見鄭交甫，遂解珮與之，交甫受珮去數十步，女不見。阮籍詩，交甫懷環珮，婉孌有芬芳。

齊天樂

蟋蟀

姜夔

庾郎❶先❷自吟愁賦，淒淒更聞私語❸，露濕銅鋪❹，苔侵石井，都是曾聽伊處，哀音似訴❺，正思婦無眠，起尋機杼❻；曲曲屏山，夜涼獨自甚情緒？西窗又吹暗雨，為誰頻斷續，相和砧杵❼，候館❽吟秋❾，離宮弔月，別有傷心無數，豳詩❿漫與⓫，笑籬落呼燈，世間兒女，寫入琴絲，一聲聲更苦。

【註　釋】

❶晉書庾杲之傳，除尚書駕部郎，清貧自業，食唯有韭葅瀹韭生韭雜菜，或戲之曰：「誰謂庾郎貧？食鮭常有二十七種。」言三九也。

❷先，讀ㄒㄧㄢˋ。

❸白居易詩，小絃切切如私語。

❹說文，鋪，門首也，所以銜環者，作龜蛇之形，以銅為之。

❺杜甫詩，促織甚微細，哀音何動人？

❻潛確類書幽州人謂蟋蟀為趣織，督促之意也；俚語促織鳴，懶婦驚。

❼白居易促織詩，一天霜月淒涼處，幾杵寒砧斷續中。

❽候館，驛館也。

❾王褒文，蟋蟀俟秋吟。

❿豳，詩經豳風，十月蟋蟀入我床下。

⓫杜甫詩，老去詩篇渾漫與。

雨霖鈴

秋別　柳永

寒蟬❶淒切，對長亭晚，驟雨初❷歇，都門帳飲❸無緒，方留戀處，蘭舟❹催發，執手相看，淚眼竟無語凝噎❺，念去去，千里煙波，暮靄❻沉沉楚天闊。多情自古傷離別，更那堪，冷落清秋節，今宵酒醒何處？楊柳岸，曉風殘月，此去經年，應是良辰好景虛設，便縱有，千種風流，待與何人說？

【註　釋】

❶蔡邕月令，蟬鳴則天涼，故謂之寒蟬，杜甫詩，抱葉寒蟬靜。

❷驟雨，急雨也，杜甫詩，驟雨落河魚。

❸漢書疏，廣及兄子受乞骸骨，上許之，公卿故人設祖道，供帳東都門外；注祖者，送行之際，因饗飲也。

❹述異記，木蘭川在潯陽江中，多木蘭樹，魯般刻以為舟。張籍詩，蘭舟桂檝常渡江。

❺ 噎，哽噎。

❻ 靄，雲集貌。太忙案：風情一作風流，待與一作更與。

喜遷鶯

詠閏元宵　　宋　吳禮之（子和）

銀蟾❶光彩，喜稔歲閏正❷，元宵還再，樂事難并❸，佳時罕遇，依舊試燈何礙？花市又移星漢，蓮炬重芳人海，儘勾引，徧嬉遊寶馬，香車❹喧隘❺晴快，天意教，人月更圓，償足風流債，媚柳煙濃，天桃❻紅小景物迥然堪愛，巷陌笑聲不斷，襟袖餘香仍在，待歸也便相期明日，踏青挑菜❼。

【註　釋】

❶ 月中有蟾蜍，故呼月為銀蟾。

❷ 閏正月也。

❸ 王勃滕王閣序，四美聚，二難并。

❹ 張說詩，商女香車珠結網，天人寶馬玉繁纓。

❺ 隘，狹窄也，擁塞也。

❻ 詩經桃之夭夭，灼灼其華。

❼ 三月為踏青挑菜節。

綺羅香

紅葉

張炎

萬里飛霜，千山落木，寒艷不招春妒，楓冷吳江❶，獨客又吟愁句，正船艤❷，流水孤村，似花繞，斜陽芳樹，甚荒溝一片凄涼，載情不去載愁去。長安誰問倦旅？羞見衰顏借酒❸，飄零如許，漫倚新粧❹，不入洛陽花譜，為回風，起舞樽前，盡化作，斷霞千縷，記陰陰綠遍江南，夜窗聽暗雨。

【註釋】

❶崔信明詩，楓落吳江冷。

❷艤，泊舟也。

❸言衰老容顏，借酒醉而紅潤。

❹李白詩，可憐飛燕倚新妝。

永遇樂　綠陰

蔣捷

清逼池亭，潤侵山閣，雲氣凝聚，未有蟬前，已無蜨❶後，花事隨流水，西園支徑，今朝重到，半礙醉笻❷吟袂❸，除非是，鶯身瘦小，暗中引雛穿去。梅簷滴溜風來吹斷，放得斜陽一縷玉子敲枰❹，香綃落翦，聲度深幾許？層層離恨，淒迷如此，點破漫煩輕絮，應難認爭春舊館，倚紅杏處。

【註釋】

❶蜨與蝶字同。

❷笻，笻竹杖出四川笻州，故稱杖為笻。

❸袂，袖也。

❹枰，棋盤也。

南浦

春暮

宋 程垓（正伯）

金鴨❶懶薰香，向晚來，春酲一枕無緒，濃綠漲瑤窗❷，東風外吹盡亂紅飛絮，無言竚立，斷腸惟有流鶯語，碧雲欲暮，空惆悵韶華，一時虛度，追思舊日心情，記題葉西樓，吹花南浦，老去覺懽踈，傷春恨，都付斷雲殘雨，黃昏院落，問誰猶在憑闌處？可堪杜宇❸，空只解聲聲，催他歸去。

【註釋】

❶金鴨，爐也，戴叔倫詩，金鴨香消欲斷魂。

❷李商隱詩，龍護瑤窗鳳掩扉。

❸杜宇即杜鵑，其鳴聲若云：「不如歸去。」故又名催歸鳥。

望海潮

凱旋舟次

金 折元禮

地雄河岳，疆分韓❶晉❷潼關❸高壓秦頭，山倚斷霞，江吞絕壁，野煙縈帶滄洲，虎旆❹擁貔貅❺，看陣雲截岸，霜氣橫秋，千雉嚴城❻，五更殘角❼月如鉤西風曉入貂裘，恨儒冠誤我，卻羨兜牟❽，六郡少年，三關老將，賀蘭❾烽火新收天外嶽連樓，挂幾行雁字，指引歸舟，正好黃金換酒，羯❿鼓醉涼州。

【註釋】

❶周武王後裔，對於韓，今陝西西安府，即古韓地也。
❷周武王子叔虞封於唐為晉國，其地即今山西太原府。
❸潼關在陝西，為秦要阨。
❹旆，爾雅繼旐曰旆，注，帛續旐末，為燕尾者。
❺禮記曲禮前有摯獸，則載貔貅，註，兵車旌畫貔貅，形象威猛，使眾知驚備。
❻左傳，都城過百雉，註，方丈曰堵，三堵曰雉。一雉之牆，長三丈，高一丈；侯伯之國三百雉，大都不過百雉。
❼角，軍號也。
❽兜牟，軍中所戴冠也。
❾盧弼詩，半夜火來知有敵，一時齊保賀蘭山。
❿羯，羯鼓為古樂器。

奪錦標　七夕

元　張埜（埜夫）

涼月橫舟，銀潢❶浸練，萬里秋容如拭，冉冉鸞驂鶴馭，橋倚高寒，鵲飛空碧❷，問歡情幾許？早收拾，新愁重織，恨人間，會少離多，萬古千秋今夕，誰念文園病客❸夜色沈沈，獨抱一天岑寂，忍記穿鍼❹亭榭，金鴨香殘玉徽❺塵積，凭新涼半枕，又依稀，行雲消息，聽窗前，淚雨浪浪❻，夢裡簷聲猶滴。

【註釋】

❶銀潢，即銀河也。

❷淮南子，七夕，烏鵲填橋而渡織女。

❸漢書司馬相如傳，相如拜為孝文園令，杜牧詩，文園終病酒，休詠白頭吟。

❹天寶遺事，七夕，嬪妃各執九孔鍼，五色線，向月穿之，過者得巧。祖詠詩，向月穿鍼易，臨風整線難。

❺玉徽，琴徽也。

❻浪浪，雨聲也。

薄倖

春情　　宋　賀鑄（方回）

淡粧多態，更滴滴❶頻迴盼睞，便認得，琴心❷先許，欲❸綰合歡雙帶，記畫堂風月逢迎，輕顰淺笑嬌無奈❹，向睡鴨爐邊，翔鴛屏裏，羞把香羅偷解。自過了，燒❺燈後，都不見，踏青挑菜，幾回憑，雙燕丁寧深意，往來卻恨重簾礙❻，約何時再？正春濃酒困，人閒晝永無聊賴❼，厭厭睡起，猶有花梢日在。

【註　釋】

❶滴滴一作的的。

❷漢書司馬相如傳，卓王孫有女文君新寡相如以琴心挑之。

❸欲一作與。

❹韓愈詩，客子歌無奈。

❺ 燒一作收。

❻ 杜牧詩，燕子嗔垂一桁簾。

❼ 杜甫詩，韋曲花無賴。

疏影　梅影

張炎

黃昏片月，似滿地碎陰，還更清絕，枝北枝南，疑有疑無，幾度背燈難折依稀倩女離魂處❶，緩步出，前村時節，看夜深，竹外橫斜，應妬過雲明滅。窺鏡❷蛾眉❸淡掃❹，為容不在貌❺，獨抱孤潔，莫是花光，描取春痕，不怕麗譙❻吹徹，還驚海上燃犀❼去，照水底，珊瑚❽疑活，做弄得，酒醒天寒，空對一庭香雪。

【註釋】

❶ 李汾詩，月窟新聲倩女歌。

❷謝朓詩，窺鏡比蛾眉。

❸蛾之眉最長，故謂女子眉為蛾眉。

❹張祜詩，卻嫌脂粉汙顏色，淡掃蛾眉朝至尊。

❺杜荀鶴詩，承恩不在貌，教妾若為容？

❻史記註，譙門謂門上為高樓以望遠者，故謂美麗之樓為麗譙。莊子，徐無鬼乘鶴列於麗譙之間。

❼晉書，溫嶠過牛渚磯，深不可測，遂燃犀角而照之，須臾，見水族奇形異狀。

❽珊瑚音山胡，生海底，作樹枝形，有紅白兩色。

過秦樓

秋夜

周邦彥

水浴清蟾❶，葉喧❷涼吹❸，巷陌馬聲初斷，閒依露井❹，笑撲流螢，惹破畫羅輕扇❺人靜夜久凭闌，愁不歸眠，立殘更箭❻，歎年華一瞬人今千里，夢沈書遠空見說，鬢怯瓊梳，容銷金鏡❼漸懶趁時勻染，梅風地溽，虹雨苔滋❽，一架舞紅都變，誰信無聊為伊？才減江淹❾，情傷荀倩❿但明河⓫影下還看疏星幾點。

【註　釋】

❶清蟾。月也。

❷李商隱詩，風葉共成喧。

❸唐太宗詩，涼吹肅離宮。

❹古樂府，桃生露井上，李樹生桃旁。

❺杜牧詩，輕羅小扇撲流螢。

❻更箭，漏箭也，銅壺滴漏，壺中水滿，則箭流出，聽箭而知更。杜甫詩，可惜刻漏隨更箭。

❼李白詩，明朝金鏡裏。

❽杜甫詩，楚雨石苔滋。

❾南史，江淹少宿於冶亭，夢人授五色筆，因而有文章；後郭璞取其筆，自此為詩，無美句，人稱才盡。

❿世說新語，荀奉倩妻曹氏，有豔色。妻嘗病熱，奉倩以冷身熨之；妻亡不哭而傷神，無幾，奉倩亦亡。

⓫明河，即銀河也。

沁園春

有感

陸游

孤鶴歸飛，再過遼天，換盡舊人，念纍纍枯塚❶，茫茫夢境，王侯螻蟻畢竟成塵❷，載酒園林，尋花巷陌，當日何曾輕負❸春，流年改，歎圍腰帶剩❹，點鬢霜新交親散落如雲又豈料而今餘此身，幸眼明身健，茶甘飯輭，非惟我老，更有人貧，躲盡危機，消殘壯志，短艇湖中閒採蓴❺，吾何恨，有漁翁共醉，谿友為鄰。

【註釋】

❶搜神記，遼東城門華表柱，忽有白鶴來集，歌曰：「有鳥有鳥丁令威，去家千歲今來歸；城郭如故人民非，何不學仙家纍纍？」

❷王侯與螻蟻，皆化為塵土，無貴賤之別也。

❸杜牧詩，十載青春不負公。

❹劉禹錫賦，衣帶在身兮，舊圍蹉跌。

❺蓴，水葵也，莖細如釵股，生水中。

摸魚兒

送春

張翥

漲西湖，半篙❶新雨，麴塵❷波外風軟，蘭舟同上鴛鴦浦❸，天氣嫩寒輕暖，簾半卷，度一縷歌雲，不礙❹桃花扇鶯嬌燕婉，任狂客無腸，王孫有恨，莫放酒杯淺，垂楊岸，何處紅亭翠館？如今遊興全懶，山容水態依然好，惟有綺羅雲散，君不見，歌舞地，青蕪滿目成秋苑，斜陽又晚，正落絮飛花，將春欲去，目送水天遠。

【註釋】

❶溫庭筠詩，池漲一篙深。

❷禮記鞠衣註，如鞠塵色。又周禮內司服鞠衣，鄭氏云：「黃桑服如鞠塵色。」按今作麴塵字，非是。

❸一統志，鴛鴦浦在慈利縣北。

❹博物志，秦青撫節悲歌，聲振林木，響遏行雲，庾信詩，落日低蓮井，行雲凝芰梁。

賀新郎 春情

宋 李玉

篆縷銷金鼎❶，醉沉沉，庭陰轉午，畫堂人靜，芳草王孫知何處？惟有楊花糝徑❷，漸玉枕，騰騰春醒，簾外殘紅春已透，鎮無聊，殢酒❸厭厭病❹，雲鬢亂，未忺整江南舊事休重省，遍天涯，尋消問息，斷鴻難倩，月滿西樓❺凭欄久，依舊歸期未定，又只恐，缾沉金井❻，嘶騎不來❼銀燭❽暗，枉教人立盡梧桐影，誰伴我，對鸞鏡？

【註釋】

❶皮日休詩，爐裏尚飄殊玉篆。
❷杜甫詩，糝徑楊花鋪白氈。
❸殢，困極之義，殢酒即困酒也。
❹韓偓詩，年年三月病厭厭。
❺崔湜詩，清月半西樓。
❻李白詩，銀缾汲水沉金井。
❼古樂府、郎馬頻嘶竟不來。
❽杜牧詩，銀燭秋光冷畫屏。

春風嫋娜　游絲

朱彝尊

倩東君❶著力，繫住韶華，穿小徑，漾晴沙，正陰雲籠日❷，難尋野馬❸，輕颺❹染草，細綰秋蛇，葉蹴還低，鶯銜忽溜，惹卻黃鬚無數花，縱許悠揚度朱戶，終愁人影隔窗紗惆悵謝娘❺池閣，湘簾乍捲，凝斜眄，近拂簷牙❻，疎籬翾短垣遮，微風別院，明月誰家，紅袖招時，偏隨羅扇，玉鞭❼裊處，又逐香車❽，休憎輕薄，笑多情似我，春心不定，飛夢天涯。

【註　釋】

❶史記封禪書，晉雁祠五帝東君，雲中司命之屬，注，東君日也。

❷杜牧詩，煙籠寒水月籠沙。

❸庶物異名疏，野馬日光，一曰遊絲水氣也。龍樹大士曰：「日光著微塵，風吹之野中轉，名為陽燄，愚夫見之，謂之野馬。」莊子，野馬也，塵埃也。韓偓詩，風裏日光飛野馬。

❹杜牧詩，茶煙輕颺落花風。

❺羅虬詩，謝娘休謾逞風姿。

❻簷牙，簷瓦如人齒牙列比也。杜牧阿房宮賦，簷牙高啄。

❼韋莊詩，馬驕風疾玉鞭長。

❽陳後主詩，龍媒玉珂馬，鳳軫繡香車。

多麗　西湖

張翥

晚山青，一川雲樹冥冥，正參差，煙凝紫翠，斜陽畫出南屏❶館娃❷歸，吳臺遊鹿，銅仙去❸，漢苑飛螢，懷古情多，憑高望極，且將樽酒慰飄零自湖上，愛梅仙遠❹，鶴夢幾時醒，空留得，六橋❺疏柳，孤嶼❻危亭❼。待蘇隄❽，歌聲散盡，更須攜妓西冷❾藕花深，雨涼翡翠，菰蒲軟風清蜻蜓，澄碧生秋，鬧紅駐景，採菱新唱最堪聽，見一片，水天無際，漁火兩三星❿多情月，為人留照⓫，未過前汀。

【註　釋】

❶ 南屏山在西湖上，杭州勝蹟。雷峰塔即在山下，塔前淨慈寺，日暮鐘聲幽漾山谷，故西湖八景有南屏晚鐘之稱。

❷ 吳郡諸山錄，吳王闔閭，置宮苑琴臺響屧廊館娃宮，按館娃宮地在今吳縣西南。

❸ 李長吉金銅仙人辭漢歌序云：「魏明帝詔宮官，牽車西取漢孝武捧露盤仙人，欲立置殿前：宮官既折盤，仙人臨載，乃潸然淚下。」

❹ 宋隱逸傳，林逋居西湖孤山，不娶無子，多植梅畜鶴，因謂梅妻鶴子。

❺ 西湖名勝志，蘇公堤開六橋通水，一曰跨虹，二曰東浦，三曰壓隄，四曰望山，五曰鎖瀾，六曰映波。

❻ 孤山在西湖水中，又名孤嶼。

❼ 宋書，林逋隱孤山，蓄二鶴，縱之則飛入雲霄。通常遊西湖，有客至，童子延客人，開籠縱鶴，良久，逋掉船歸，今孤山有放鶴亭。

❽ 宋史河渠志，臨安西湖，至宋漸成葑田。蘇軾既開湖，因積葑草為隄，相去數里，橫跨南北兩山，夾道植柳，林希榜曰：「蘇公隄。」行者便之。

❾ 湖山勝概，西冷橋一名西林橋，按在西湖孤山下。

❿ 張祜詩，兩三星火是瓜州。

⓫ 張泌詩，多情只有春庭月，猶為離人照落花。

國家圖書館出版品預行編目資料

白香詞譜 / 舒夢蘭 / 撰； -- 修訂一版 . --
新北市：新潮社，2017.11
面；　公分 . --

ISBN 978-986-316-675-7（平裝）

852.2　　　　106015445

白香詞譜

舒夢蘭／撰　　2017年11月／修訂一版

〈代理商〉
聯合發行股份有限公司
新北市新店區寶橋路235巷6弄6號2樓
電話 (02) 2917-8022＊傳真 (02) 2915-6275

〈企劃〉

小倉書房

〔出版者〕新潮社文化事業有限公司
電話 (02) 8666-5711＊傳真 (02) 8666-5833
〔E-mail〕editor@xcsbook.com.tw
〔印前〕東豪印刷事業有限公司